汤姆·斯威夫特和捕获的小行星

【英】维克多·阿普尔顿Ⅱ　文
燕锐锋　等图
刘庆双　等译

江西·南昌
江西科学技术出版社

图书在版编目（CIP）数据

汤姆·斯威夫特和捕获的小行星 / (英) 维克多·阿普尔顿Ⅱ文；燕锐锋等图；刘庆双等译. -- 南昌：江西科学技术出版社, 2018.3（2024.1重印）
（汤姆·斯威夫特丛书）
ISBN 978-7-5390-5882-5

Ⅰ. ①汤… Ⅱ. ①维… ②燕… ③刘… Ⅲ. ①儿童故事－英国－现代 Ⅳ. ①I561.85

中国版本图书馆CIP数据核字(2017)第049493号

国际互联网(Internet)地址：http://www.jxkjcbs.com
选题序号：KX2016071
责任编辑：郭绪书
特约编辑：龙轲轲

汤姆·斯威夫特和捕获的小行星
TANGMU SIWEIFUTE HE BUHUO DE XIAOXINGXING
〔英〕维克多·阿普尔顿Ⅱ 文；燕锐锋 等图；刘庆双 等译

出版发行	江西科学技术出版社
社址	南昌市蓼洲街2号附1号 邮编：330009 电话：（0791）86623491 86639342（传真）
印刷	三河市嵩川印刷有限公司
经销	各地新华书店
开本	700mm×1000mm 1/16
字数	114千字
印张	11
版次	2018年3月第1版 2024年1月第2次印刷
书号	ISBN 978-7-5390-5882-5
定价	39.00元

赣版权登字-03-2017-57

前言 QIANYAN

人总是离不开阅读，特别是在现代化信息时代，阅读无疑更是我们难求的一片宁静港湾，让我们有机会去感受、去体悟、去反思、去认证我们的这个世界和未来的世界。

科幻小说是一种起源于近代西方的文学体裁，在尊重科学结论的基础上进行合理设想后形成的文学作品，具备“逻辑自洽”“科学元素”“人文思考”三个要素。科幻小说与一般的传统小说不同，其特殊性在于它与科学技术的发展有着直接的联系，能让读者间接了解到科学原理。但它又是一种文艺创作，它扎根于社会现实，反映社会现实中的矛盾和问题，在科学技术发展的方向上，提供若干有参考价值的预见。有时，某些科学发明尚未出现，科幻小说里则已经进行生动的描绘，如潜水艇、机器人和宇宙航行等。

著名文学评论家布哈伊·哈桑曾说，科幻小说可能在哲学上是天真的，在道德上是简单的，在美学上是有些主观的，或粗糙的，但就它最好的方面而言，它似乎触及了人类集体梦想的神经中枢，解放出我们人类这具机器中深藏的某些幻想。

阅读科幻小说至少让我们有如下的感受：

一、文学的轻松愉悦

科幻小说的主题非常明显，它会涉及“未来”和“未知”、“科学”和“规律”、“生命”和“文明”、“生存”和“冒险”等等，每一本科幻小说都是一个全新的世界，每一次阅读都是一段全新、充满惊喜的精神旅程。

二、科学与严谨的想象

爱因斯坦说过，想象力比知识更重要，因为知识是有限的，而想象力概括着世界上的一切，推动着进步，并且是知识进化的源泉。通过阅读科幻小说，感悟其中的想象力，在人文、哲理的思索上，在思想道德意识的增强上所起到的作用是潜移默化的、是发散性的，其威力是不可估量的。

三、引发科学与理性的思考

科幻小说中的“科学方法”是一种有系统地寻求知识的程序，涉及“问题的认知与表述”“观察与实验搜集证据”“假说的构成与测试”。简单地说就是一个科学理论要经过观察、解释、预测、确认、评估、发表的程序，才能从一个假设发展成原理。科幻小说的“理性思考”就是遵从客观规律、进行逻辑分析的思考方式。

《汤姆·斯威夫特》系列曾是国外流行的科普小说，书中很多的科幻内容今天都已经变成了现实，它曾影响了几代读者，它伴随了很多人的成长。现以中文出版此书，相信书中的情节与科学，也会给中国读者带来同样的快乐体验。

目录 MULU

第一章 奇怪的袭击者

“这将是世界上迄今为止最先进的宇航中心！”喷气直升机冲入夜空时，汤姆凝望着地面上建设中的宇航中心，大声说道。

“当然是。”副驾驶巴德表示赞同，“庞因特·斯巴达的设计棒极了。”

金发平头的年轻发明家汤姆·斯威夫特和外形粗犷、深色头发的巴德·巴克利返回了他们的“旋转小鸭”。受政府机构的邀请，他们这一整天都在参观A国最新的宇航中心建设现场。

“真希望我们可以再多待一会儿。”汤姆说道。

“但是家里还有一个惊喜等着你呢。”巴德回道，“知道是什么吗？”

“不知道，但是听爸爸的口气，一定是件激动人心的事情……”巴德突然惊叫了一声，打断了汤姆的话。

“看！他们的供电怎么了？”

汤姆往下看，只见宇航中心四周闪烁的灯光都熄灭了，建设中的宇航中心陷入一片漆黑。

火柱拔地而起，巨型的龙门起重机就像即将倒塌的玩具塔，快四分五裂了，紧接着他们听到了那震耳欲聋的砰砰声！

话音未落，又发生了两起爆炸。在耀眼的火光中，另一座服务塔和一根高高的雷达追踪天线化为碎片。

“火箭烧起来了！整个宇航中心都要爆炸了！”巴德惊叫道。

“我们最好下去，看看到底发生了什么！”汤姆说道，“转至应急频率，发出警告！如果宇航中心电源被切断，他们的通信一定会中断！”

巴德紧张地通过无线电发布消息，汤姆操纵飞机180度大转弯后，向几分钟前他们起飞的地方俯冲下去。两个男孩都不清楚爆炸的原因，也不知道他们的飞机是否会降落在危险区域。他们来不及考虑别的，满脑子想的都是救死扶伤。

“哇！看那些蓝色的火苗！”巴德惊叫道。

宇航中心周围，十几处起火点如喷泉般喷射出蓝色火焰。

“这很像是燃烧弹爆炸！”汤姆说道。

“旋转小鸭”接近地面时，他们看见一群黑影从火焰旁一闪而过。火势四处扩散。

“就是燃烧弹！”巴德大声喊道，“是那些人扔的！”

还没等巴德说完，他们便看见另一个黑影冲向一个木制的脚手架，旁边是没有建完的堡垒。黑影瞄准一个类似火焰喷射器的东西扔去，瞬间一股火苗喷出刺眼的火焰，吞噬着整个堡垒。

政府宇航中心遭到袭击！

飞机刚着陆，汤姆和巴德就跳出了机舱。此刻，无数的火苗发出刺眼的光芒，照亮了黑夜。疯狂的喊叫声和爆炸声混杂在一起。

“飞机停在这儿安全吗？”巴德问道。

汤姆点了点头，说道：“我觉得还可以，降落的地方还挺开阔的，我们去找鲍登先生吧！”

鲍登先生是主管宇航中心建设的首席工程师，也是孩子们参观时的向导。汤姆和巴德冲向行政楼，鲍登先生的办公室就在这座楼里。

整个宇航中心无比混乱，袭击者横冲直撞，四处纵火，安保和建筑工人正全力以赴，抵抗袭击。汤姆意识到，由于宇航中心面积过大，一时很难控制住整个局势。

汤姆仔细观察这些神秘的袭击者。他们从头到脚全包裹在紧身制服里，制服上的面具遮住上半面脸，仅留眼洞。袭击者制服的胸部佩戴着发出磷光的徽章，但汤姆看不清是什么徽章。一些袭击者手拿喷火器，另一些手持蓝色燃烧弹。

“别动！”巴德大叫一声从汤姆身边窜过，冲向左边的袭击者，这名袭击者正准备点燃一堆油桶。

“小心，巴德！”汤姆惊叫道。面对巴德突如其来的进攻，袭击者举起了手中的喷火器。

巴德俯身向前，袭击者还没来得及扣动扳机便被他打倒在地。袭击者恶意反击，但他并不是年轻力壮的巴德的对手。巴德怒了，他一记上勾拳猛击对方的下巴，袭击者顿时失去知觉。巴德抢过对手的喷火器，回到汤姆身边。

“干得好！”汤姆大声说道，“我真想知道这些人是从哪儿来的，还有那个徽章是什么意思！”

两个男孩停下手，观察昏迷者衣服上那个会发光的标志，标志上有一道闪电划过地球。

“现在别管这个了！”巴德催促道，“我们先去找鲍登先生，然后想办法控制火势吧。”

“好！”

汤姆和巴德继续冲向行政楼。宇航中心的几台消防车正在救火。在一片铃铛响声和尖锐的报警器声中，他们快速冲向火势最猛烈的地方。

汤姆和巴德发现鲍登先生正忙乱地给宇航中心人员下达命令。

“我们已经向航空局发出警报，”汤姆说道，“援手很快就会到了。”

“谢谢！我们确实很需要援助！”鲍登先生如释重负地说道。

“电源呢？”汤姆问道。

“电灯刚熄灭，电厂就被破坏了。如果你可以帮助工作人员启动发电机，那就解决大问题了。”

“我去看看能帮上什么忙。”汤姆急忙赶往供电房。

巴德和其他几个工作人员一起另建了一台抽水设备用来灭火。奇怪的是，袭击者似乎无意阻止工作人员挽救现场的损失。十五分钟后，电灯再亮时，那些身着黑制服的袭击者们早已不见踪影了。

此刻，周边小镇的消防车已经赶到，还有几辆警车。紧随其后的是载满自卫军的两辆卡车和一艘海岸警卫队的巡逻艇。这艘巡逻艇从海岸巡逻地直接赶往事发现场。

将近一个小时以后，火势终于得以控制。鲍登先生、一群警官、调查局特工和一名警卫队上校齐聚行政楼，汤姆和巴德也赶了过来。

“不管这些袭击者是谁，他们已经逃跑了，而且没有留下一丝痕迹。”上校说道。

“我打晕的那个人呢？”巴德问道。

“其他袭击者一定帮他恢复了知觉，或者把他拖走了。”一名调查局特工说道，“我们搜遍了整个宇航中心。”

“知道他们是怎么进来的吗？”汤姆问道。

“他们绝不会是从围墙或大门进来的。”鲍登先生回答道，“不然早就被发现了。最有可能的情况是，他们佩戴潜水设备，通过海域外围某个地方溜了进来。因为在靠海的那边，我们的安全和警报系统还没安装完。”

“关键问题是他们是什么人，”一名调查局特工说道，“外国入侵者还是A国危险分子？”

“他们有什么目的呢？”汤姆接着说道，“那些袭击者抢走什么设备了吗？”

鲍登先生摇了摇头，“就我们目前的调查来看，没有丢失任何设备，这次袭击似乎只是破坏行为。”

直到十点过后，两个男孩才驾驶喷气式直升机离开。

“整件事就像一场疯狂的噩梦。”巴德说道。

“就是噩梦，没错。”汤姆担忧地表示赞同，“但这一定是有原因的。巴德，这次袭击是有组织的，策划这场袭击的人可能会再发动一次袭击。”

旋翼收进机身，“旋转小鸭”一路疾驶返航，很快便到了位于肖普顿郊区的斯威夫特企业集团。高墙下面是巨大的实验站，耀眼的探照灯映射出实验室、工作室和机场跑道。

“小鸭”刚着陆，斯威夫特先生已经到了飞机场，迎接两个男孩。斯威夫特先生是A国著名的科学家，他身材高大、短头发、两鬓开始发白。他热情地和两个年轻人握手。

“我刚回来，从广播中听到了有关庞因特·斯巴达的消息。”斯威夫特先生告诉他们，“我有点担心你们的安全，但我拨不通那边的电话。”

“电话线被切断了，爸爸。”汤姆答道。他和巴德快速地讲述了袭击的经过。

斯威夫特先生听后充满疑惑，皱起了眉头。最近几个星期他一直在位于A国西南部的斯威夫特原子实验站“大本营”工作。“好像很不正常啊！”斯威夫特先生问道，“调查局特工有进一步的调查线索吗？”

汤姆摇了摇头。“还没有，整件事情就是一个谜团！”

三人一起离开飞机场跑道时，年轻的发明家汤姆继续说道：“说到谜团，爸爸，我想知道你有什么计划。今天早上你打电话说有重要的事情和我讨论。”

斯威夫特先生看了一眼手表。“是的，儿子，我是提到过，但今天太晚了，或许我们等到……”

“不要吊我们的胃口，爸爸！”汤姆请求道，“我现在很精神呢，巴德也是。”

斯威夫特先生笑道：“我其实也是，那咱们去办公室，我再告诉你们吧。”

三人上了一辆吉普车，快速驶向企业集团的主楼。几分钟后，他们到了办公室，那是一个宽敞、奢华的双人办公室，汤姆和他的父亲一起在这里工作。房间里摆放着五颜六色的金属或塑料模型，这些都是斯威夫特父子俩各种各样奇异的发明。

“汤姆，”斯威夫特先生开始说道，“还记得小行星计划吗？你从斯威夫特彗星回来后我们一起讨论过。”

“小行星计划！”汤姆在座椅上挺直了身子，他想起在“神秘彗星”中的惊险之旅后父子俩的一次谈话，顿时目光迫切，饶有兴致地答道，“我当然记得，爸爸！你建议我们……”

这时桌上的电话铃响了，声音刺耳。汤姆拿起话筒。

“机长，我是杰夫——杰夫·诺兰。”电话那头说道，“我正在飞机库与你们通电话。”机械师听起来很紧张。

“杰夫，怎么了？”汤姆问道。

“我在你和巴德驾驶的‘旋转小鸭’上发现了非常奇怪的东西！你最好马上过来看看！”

第二章 电脑线索

“我马上就过来了。”汤姆回答道。他将杰夫反映的情况转告给爸爸和巴德。

“我们最好也跟你一起去看看，儿子。”

三人乘吉普车来到飞机库，男孩们回来后直升机就停在那里。

杰夫·诺兰急忙和他们打招呼：“就是这个！”他指着工作台上的一个东西。“我在‘旋转小鸭’的舱板上发现的！”

那是一个很大的蓝色密封玻璃瓶。玻璃已经破裂，里面发出耀眼的光芒。

汤姆面色苍白，巴德惊叫道：“是袭击者的燃烧手榴弹！”

汤姆将燃烧手榴弹从工作台一把抓起，向飞机库门口扔去。但是，燃烧弹中途落在走廊上摔碎了！

斯威夫特先生、汤姆、巴德和杰夫一起屏住呼吸，等待着燃烧弹激烈的爆发声。然而，他们只看到一小束微弱的、闪烁的火焰！

汤姆戴上杰夫的工作手套，小心翼翼地靠近燃烧弹。他捡起地上的碎片，还有里面包裹的一样东西，带回到工作台。

“它为什么没爆炸呢，儿子？”斯威夫特先生紧张地问道，“里面是空的吗？”

“不是。”

密封容器有两个部分，很明显这是为了填满蓝色凝胶状的燃烧弹。但是大部分化学物质已经被清除了，只剩下粘在玻璃上、正在微弱燃烧的涂层。显然，有人在涂层里塞了一条卷曲的布条，现在布条有些烧焦了。

“看！那是什么？”巴德问道。

汤姆展开布条，只见一面有塑料涂层，看起来很像是从庞因特·斯巴达存储设备的挡板上撕下来的，另一面则用墨水潦草地写着：

期待很快再联系！

这行字下面则是一幅粗糙的手绘袭击者徽章，画着“一道闪电划过地球”。

“我的天啊！”杰夫惊呼道，“这是什么意思呢？”

汤姆困惑地耸了耸肩。“我不知道。玻璃瓶不可能自己进入直升机，肯定是有人故意扔进来的，所以我觉得这是给我的。我也说不清为什么。”

斯威夫特先生仔细地查看着布条上的标志，担忧地皱起了眉头：“写这个的人可能想把它作为一条私密信息，甚至是一个友好提示，其他袭击者可能都不知道呢。或许它也可能是这群袭击者发出的警告。”

“你说的对，爸爸。我们最好将它交给安全部门。”

尽管已经很晚了，汤姆坚持要听爸爸说那件重要的事情，两个男孩跟着斯威夫特先生又回到办公室。

“先生，你说的小行星计划是什么呢？”巴德向斯威夫特先生问道。

“好的，你们知道，”斯威夫特先生开始说道，“小行星就是围绕太阳运行的小天体。我们也经常称之为行星。但是这个名字太有误导性了，因为行星的真正含义是‘小星星’。小行星的正式名称叫‘小型星球’。它们大部分运行在火星与木星之间。”

“有些小行星运转时更靠近太阳，是吗？”巴德问道。

“是的，有些小行星的轨道使它们很容易靠近地球，有时甚至到达地球和月亮之间。然而遗憾的是，对于这些小行星，天文学家还没有组织研究计划。”

“已经发现十几颗小行星了，”汤姆补充说道，“但都纯属偶然。”

“那么先生，你有什么计划呢？”巴德看着斯威夫特先生，接着问道。

斯威夫特先生若有所思地转动手中的铅笔。“自从幻象卫星第一次在我们的视线范围中出现，我和汤姆就一直有这样的想法。”

斯威夫特先生是指小行星内斯特丽亚，有不明宇宙体移动了内斯特丽亚的运行轨道，使其更靠近地球。小汤姆在内斯特丽亚进行了一次航空探险，并在上面建立了一个宇航中心。

斯威夫特先生继续说道：“在你们最近登陆彗星后，我的这个想法变得更加强烈——也就是更广泛地利用小行星，将其作为太空基地的设想。现在可以深入研究了。”

“哇！”巴德激动地说，“那将开启探索太空的新时代！”

“当然！”汤姆从书架上拿起一本有关宇宙航空技术的杂志，递给巴德，“爸爸给这本杂志写了篇文章，文章里面说明了可能采取的措施。”

巴德找到那篇文章，快速浏览了一遍。“我的天啊！您真的可以捕获一颗小行星，然后像外星人那样把它导入地球运行轨道吗？”

斯威夫特先生点了点头。“为什么不可以呢？我很确信，以人类目前的科研能力，完全可以满足将近处的小行星推进地

球重力场的能量要求。当然，我们需要谨慎规划，规避不可预知的灾难。同时，这个小行星研究计划可能会产生很多重要成果。”

“例如？”巴德问道。

“例如，有关小行星构成的数据，以及它们的形成，甚至是太阳系起源的线索。也可能发现简单生物形式的痕迹，例如来自其他星球的种子，这对生物学家来说非常重要。而且，也可以尝试从小行星提取火箭燃料，例如氧气、氢气和一些结构材料。”

斯威夫特先生微微一笑。“但最令人激动的可能性就是汤姆的提议。”

“是什么？”巴德急切地问道。

“将小行星变成自然界的宇宙飞船，绕太阳飞行。”

“爸爸！”汤姆几乎从椅子上跳起来了，他明白了接下来要发生的事情，“莫非您是在说，您会动手实施这个计划？”

“是的，正是这个意思。”斯威夫特先生的表情也和儿子一样激动，“以前我之所以没有提及这件事，是因为不想让你抱太大希望。但是现在，我正和政府高级太空设计师商谈这个计划。他们都很支持，只要我们选定一颗合适的小行星，他们就承诺支付一半的计划费用。”

汤姆高兴地大叫了一声。

“等等！”巴德不假思索地说道，“让我想想！你是说将一群宇航员运送到某颗小行星上，并让他们在距离地球数百万千米的太空遨游？”

“是的。”斯威夫特先生答道，“这样的航行会为宇宙深处和外太空的生存技能方面提供宝贵的经验。随着地球人口不断增加，在未来我们人类可能大规模地进入外太空。”

“这些宇航员要去多久呢？”

“两年或三年，根据所选小行星的运行周期而定。”

斯威夫特先生的眼睛闪闪发光，他注意到巴德有些闷闷不乐。他知道这个年轻的航天飞行员想到即将和最喜爱的女生桑迪分别，感到沮丧（桑迪是汤姆的妹妹）。斯威夫特先生说：“我可没有说会派你们两个参与任务。”

“但是，爸爸，”汤姆插话道，“这可能是本世纪航天探索最大的盛事啊！”

“我知道，儿子。但是企业集团需要你。而且，把宇航员们送进太空就够你忙了。”

汤姆和父亲一起开车回家，他对小行星计划兴奋不已。但是，在投入这项伟大的航空探险之前，他得先完成一项最新的发明——久热翼或久热飞机。

第二天早上，汤姆在实验站安保室核查蓝色密封容器里的神秘信息。安保主任哈伦·艾姆斯和汤姆打招呼，说有惊人的发现要告诉他。

“我可能知道这些袭击者是谁，机长！”

“说来听听，哈伦。”

“我仔细看那个布条时，脑子里闪过一个念头，但是我不知道为什么。我将有关袭击的数据和信息输入到犯罪记录计算机。”

艾姆斯指着汤姆最近为安保部门设计的电脑。这台电脑用于储存和提取有关已知罪犯、间谍及其犯罪方式的信息。

“发现什么了吗？”汤姆问道。

“电脑提取的信息指向了一个叫格林科的罪犯的案子。他最近被指控犯有间谍罪，已被调查局逮捕。”

汤姆眉头紧锁，“这之间有什么联系？”

“格林科胸前有个奇怪的文身——一道闪电划过地球！”

“哇！和袭击者的徽章是一样的！”

“我刚与当地的调查局办公室韦斯·诺里斯通过电话。他们将格林科关押在一个看守所。韦斯安排我们今天十点审讯他，你有时间吗？”

“当然可以！”汤姆答道，“我们乘坐‘旋转小鸭’飞过去吧。”

十点钟左右，汤姆、艾姆斯与诺里斯到达X城，见到了其他的调查局特工。

“格林科已经被带出来了。”诺里斯说道。

这名罪犯个子不高，但是体格健壮、面色红润、皮肤黝黑。他神情淡定，傲慢无礼，被两名安保带进房间。

他扫视着审讯他的人，突然变了脸色。他的眼睛盯着汤姆，脸色苍白。汤姆也看着格林科，对他突然被惊吓到的表情感到困惑。

过了一会儿，格林科眼中闪过一丝狡黠的目光。他突然疯狂地扭动着身体，还没等安保上前，他人已倒地。

第三章 龙卷风隧道

汤姆、艾姆斯和调查局特工们赶紧上前查看情况。诺里斯摇晃格林科并轻拍他的脸，但是格林科似乎陷入了深度昏迷状态。

“这里有医生吗？”诺里斯问道。

“是，是，是的，先生。”一名安保结结巴巴地答道。

“快叫他过来！”

医生很快就过来了。他听了听格林科的脉搏，翻开一只眼睑检查瞳孔后说道：“他服麻醉药了。”

“不可能！”另一名安保惊叫道，“我们一直看着他！他什么也没吃！”

“不要那么确定。”诺里斯说道。他掰开格林科的下巴，发现一颗不锈钢假牙里面有个洞。诺里斯说：“他很有可能在里面藏了一粒药囊，然后吞服了。”

汤姆和艾姆斯面面相觑。格林科会咽下那粒药，是因为看见了汤姆吗?

“有什么办法能让他快速清醒过来吗?”诺里斯问医生。

“或许可以通过皮下注射让他醒过来。”

昏迷的罪犯被抬到沙发上,医生开始对其进行皮下注射。格林科很快就醒过来了。他慢慢坐起来,盯着大家看。但是他的面部表情像僵尸一样空洞。

“快醒醒!”诺里斯对他吼叫道,“你是谁?叫什么名字?”

“我……呃……我……”罪犯的声音变得微弱,沙哑不清。

“不要装傻了!你是来接受审讯的。你有权利要求律师在场。”

格林科张大嘴巴,吃惊地盯着调查局特工。最后,他开始窃笑,并摆弄着手指头。其他的调查局特工们也开始审问他,但是都没有得到正常的回答。

“他一定服用了干扰心智的药物。”艾姆斯说道,“这样我们什么也问不出来了。”医生赞同地点点头。

“但为什么他这次会这样呢?”一名联查局特工问道,“之前也审问过他,却从未出现这种情况。”

“我猜得不一定对,”艾姆斯慢慢地说道,“但是我觉得,好像是汤姆刺激了他。”

“我也是这么认为的。”诺里斯皱着眉头表示赞同，“不管怎样，汤姆的出现一定让他认为我们识破了他的间谍组织——至少我们掌握的情况比他以为的要多。”

“他是为什么被捕的？”汤姆问道，“这和斯威夫特企业集团没关系吧？”

诺里斯摇了摇头说：“没有关系，他曾试图贿赂一家宇航公司的工程师，以窃取一些秘密的技术信息。”

“他是哪国人？”艾姆斯问道。

“我们不知道，他使用假护照进入A国。毫无疑问，他是一名秘密特工，但是我们不知道他在为谁服务。”

突发的状况困扰着汤姆和艾姆斯，但他们无可奈何。飞回企业集团后，汤姆立刻进入巨大的超音速风道，在那里测试他的新发明。

这个直径为3米的隧道是汤姆特别设计的，用来测试久热翼速度为16千米/小时，在大气层中的上升阻力。为了促进空气流动，在隧道的一端用多级压缩机进行加压，而在另一端则用抽气机进行减压。

亚弗·汉森是一名身材高大、和蔼可亲的技工。他帮助汤姆制作新发明的样机，并在隧道里面搭建了久热飞机的巨大模型。现在，他正在连接电子计量装置。

久热飞机呈三角翼形状，中段较厚，足以放入一枚2.4米的火箭模型。双尾翼发出隆隆声，在机尾处开始延伸。

“一切准备就绪，亚弗？”汤姆问道。

“快了。我觉得在进行测试前，需要查看一下压缩机。”两人来到隧道另一端的压缩机室。

不一会儿，矮胖的乔·温克勒迈着沉重的步子进入大楼，他一只手里端着美味的草莓小蛋糕，上面涂满了生奶油。乔曾是一名流动炊事车厨师。他现在是斯威夫特企业集团的私人厨师。他穿着高跟牛仔靴，秃头上戴着一顶白色厨师帽，白色的围裙罩着他突起的肚子。

“嗯，汤姆呢？”他心里想着，“那个小家伙从来都不知道吃饭时间，我应该推辆午餐车过来……或许这个蛋糕可以让他歇一会。”

看到隧道的门开着，乔便进去找汤姆。他看见了久热翼。

“这究竟是什么东西？”厨师咕哝道，“肯定是汤姆发明的新飞机。这就像苹果馅饺子，他的设计确实很棒！”

乔听见舱门被关上了，吓得四处张望。“喂！等一等！”他大声喊叫着。但是他粗重的喊叫早已淹没在机器的轰鸣声中。就在一瞬间，一阵旋风将草莓蛋糕拍在了他脸上！

乔身上滴着生奶油，他努力地朝舱门口走去，用力敲门。但是压缩机正在加速运转，发出震耳欲聋的嗡嗡声。乔才挪动一步，飓风般的气流便撕碎了他的外套。他的帽子、牛仔T

恤、牛仔裤和靴子都吹进了隧道！穿着长内衣的矮胖厨师此刻双脚离地，身体被吹到半空中，并猛烈地撞在久热翼的前缘机翼上！

亚弗在隧道外面透过厚厚的窗玻璃向里面看，突然他惊叫一声：“乔在里面！关闭鼓风机！”

汤姆看到乔的窘境，惊得睁大了眼睛。只见厨师四肢张开，“挂”在机翼上，就像一个胖胖的、穿着长衣裤的、挂在船头的“傀儡首领”。他的脸上还沾满了残留的生奶油！汤姆按下控制面板上的开关。压缩机停止工作后，他跟着亚弗冲了进去。

乔掉落到地上，上气不接下气。他们扶他站稳，努力安慰他。“就像疾驰的长角牛！”乔大口喘气道，“这比德州飓风还要厉害！”

看到乔脸上的奶油，汤姆和亚弗忍不住哈哈大笑。

“对不起，老朋友。”汤姆抱歉地说道，“我们关门的时候，不知道你在里面。现在好点儿了吗？”

“嗯，我觉得好多了，就是蛋糕没了，下次再也不要随意进我不熟悉的地方！”

汤姆轻拍着乔的肩膀，亚弗则去取乔的衣服。他穿好衣服后，三个人站在隧道外面继续进行测试。

“那是什么装置？”乔专注地朝里面看着。

“宇宙飞船的再入装置。”汤姆答道，“它叫久热翼，简称为久热飞机。‘久’是指它由一种名叫久浮，比空气还轻的泡沫塑料组成的。‘热’是指它通过空气摩擦获得热量。”

“这有什么用呢？”

“使飞船从轨道上安全着陆。久热飞机就是一个防热罩，它能避免飞船在大气层中燃烧，也可以引导飞船像飞机一样精准着陆。”

“这些你都能做到啦？”乔问道。

“我的斥力装置飞船当然可以啦，但是火箭和太空舱是不一样的。大多数火箭只能像子弹那样再次进入太空中，但是操控一颗子弹是很不容易的。”

汤姆解释道，他的久热飞机可以装配在航天飞机运载火箭的前部，进行往返太空站的飞行。更重要的是，它还可以用于营救因故障而停滞在轨道上的宇宙飞船。

“怎么可能做到营救呢，老板？”

“营救飞船会停在损坏的飞船旁边。然后宇航员走出船舱，将久热飞机放在空隙处并安装在停滞的飞船上。”

乔托着双下巴，说道：“机器太大，一个人不容易操作，是吧？”

汤姆笑道：“机翼还没有展开呢。整个装置是压缩的，非常轻。”

他解释道，在点燃制动火箭发送飞船至太空前，宇航员会点燃一小弹筒高挥发性的液体。随后液体会蒸发，使织物护套膨胀成机翼的形状。槽内将流出久浮并填满护套。

“我猜你能想象到飞船再进入时有多热。”汤姆继续说道。

“那简直就是个小蒸锅啊，我当然知道啦！飞船一定像滚烫的锅盖。”

“事实上要比锅盖热多了，空气摩擦会使温度上升到8000℃以上，但是久热翼却仍能保持较低的温度。”

汤姆说：“保持低温的秘密在于无数个小的半导体加热舱，它们很像收音机的晶体管，嵌在织物护套里。它们会将大量的热能转换成电能，储存在电池里备用。”

乔重回厨房推来餐车，然后留下来看风道阻力测试。他看见汤姆和亚弗在调节小型控制按钮。这使得飞机前部和翼尖上下卷曲，双翼左右摇摆。

“你是怎么让它们上下摆动的，汤姆？”乔困惑地问道。

“久浮吸收足够的热量后可以稍微弯曲，但弯曲实际上是由正确织入织物的精密双金属条完成的。”

乔眯着双眼问道：“是什么金属呢？”

“‘双金属’实际上是两种不同的金属合在一起。蓄电池通过电阻给它们加热。受热后，其中一种金属会延展得大一些，使整个金属条卷曲。这和烤箱温度计上的指示针原理相同。当所有的金属条卷曲，会产生足够的力使整个机翼弯曲。”

“哇，把我煮成个大牡蛎吧！你打算这样驾驶这个东西吗？”

“是的。”汤姆补充说道，他的久热飞机配备有紧急降落装置，能像机翼那样被激活。

话音未落，大楼外面的门被撞开了。巴德冲进来，手里挥动着一张报纸。

他气得满脸通红。“嘿，汤姆！”他大叫道，“你知道蒂克对媒体说什么了吗？”

“蒂克？”汤姆吃惊地看了看，说道，“你是指托尔太空航空公司的亨肖·蒂克吗？”

“就是他！”托尔太空航空公司是一所领先的航天公司，蒂克是该公司总裁。

“他怎么了？”

“看看这个！”巴德指着两个专栏故事，上面的标题为：

航天专家对最新的斯威夫特头脑风暴嗤之以鼻

汤姆忍着怒气往下读。文章报道了对这位著名工程主管的采访。

蒂克声称汤姆·斯威夫特的久热翼发明在科学上是不合理的：“仅仅是愚弄大众的把戏”，而且国家宇航局不应该让宇航员冒着生命危险来实施这个计划！

第四章 危险降临

汤姆努力克制自己的怒气。他把报纸递给乔和亚弗时，说道："我并没不吃惊，但是没想到蒂克竟允许记者进行如此直白的报道。"

乔看完报道后勃然大怒道："那个卑劣的，不老实的响尾蛇！他以为自己是谁呢？"

"我可以告诉你其他人是怎么评价他的。"亚弗说道，"蒂克在业内是出名的讨人嫌和吹牛大王。"

汤姆点头道："他们也知道托尔太空航空公司有自己研发的再入装置，蒂克想把它卖给航天局。"

"你不会就让他耍这些小把戏吧？"巴德愤怒地说道。

"不会的，但是我也不会卷入任何愚蠢的口舌之争。"

"那你打算怎么办？"

汤姆咧着嘴，笑着说："我要通过真实的太空再入测试证明久热翼的价值。"他转身对助手说，"就这么做，好吗，亚弗？稍后，我们将磁带上打印出的数据输入电脑。”

“好的，机长。”

汤姆又转身对巴德说道：“振作起来，飞天小子！来看看我说的测试。”

外面，两个男孩钻进一辆吉普车，开往实验站广阔宇航中心的另一栋大楼。在那儿，汤姆向巴德展示一架即将完工的白色无翼飞行器，由玻璃纤维材料制成。

“这是什么？”巴德困惑地问道。

“‘萤火虫’再入测试的飞船。尽管久热飞机的控制系统将安装在机身里面，但事实上，它只是一个摆设。”

汤姆解释道，在实际营救任务中，驾驶飞船的宇航员会待在一个小太空舱里，这个太空舱也是久热飞机的一部分。“但在这种情况下，”他继续说道，“我会去掉这个太空舱，在飞船内部操作。这样可以模拟飞船移出轨道的情景。”

“你怎样才能让‘萤火虫’进入轨道？”巴德问道。

“挑战者号将它送上高空后，它会降落在大气层之上。”

“利用无线电监控吗？”

“不，我会在飞船里面。”看到巴德吃惊的表情后，汤姆淡淡地笑道，“毕竟，无人驾驶测试会让人感觉我对自己的发明没有信心，不是吗？尤其是受到亨肖·蒂克的言语中伤之后！”

“但是，天啊，如果出了问题呢？”

汤姆耸耸肩通：“系统的每个部分都经过了彻底的检查。”

“听着，”巴德插话道，“你一定听过墨菲定律！事情如果有出错的可能，它就会出错的！”

“当然，风险是一直存在的，”汤姆承认道，“但企业集团不会因此就不进行试飞，不是吗？久热翼迟早要进行试飞的。既然它是我发明的，倒不如让我亲自去测试！”

“纠正一下，‘天才’，我们两个都要坐在驾驶舱！”

汤姆和巴德沉默地看着彼此。然后汤姆咯咯地笑了，捏着朋友的胳膊说道：“好的。如果你想来的话，我会额外安装一个座椅。如果没有幸运的飞行员相伴，我心里也不好受。”

十分钟后，汤姆走进了斯威夫特的大型双人办公室。办公桌上放着一份报纸。

“我想您已经读过亨肖·蒂克的采访了。”年轻的发明家说道。

“刚看到，”斯威夫特先生立刻皱起了眉头，“蒂克这次太过分了，你不要太在意。”

汤姆摇摇头，躺在舒服的皮椅上，“我并不在意。事实上，我根本没打算回复他。除非你认为我应该做出回应，爸爸。”

“不用了，这种公开争论没有意义。”

“在我看来，我的发明是否成功仅仅取决于发明本身，”汤姆说道，“所以我决定下周开始进行试飞测试。”

他简要地描述了“萤火虫”计划。斯威夫特先生严肃而认真地听着，并不停点头。

“很好，儿子。我同意你的计划。当然，测试会很危险，但这绝对是必经的一步。我相信你的久热飞机基本上是可行的。”

汤姆起身离开去实验室的时候，斯威夫特先生补充道：“顺便问一句，你听说过天文学家鲁吉·瓦伦蒂吗？”

“当然听说过！他是我国小行星研究的权威专家。现在他是帕洛马天文台的客座顾问，是吗？”

“是的。他下周一会到东部的大学进行一场讲座。我觉得，你可以去听听他对小行星计划的看法。”

“爸爸，这是个好主意！”汤姆惊呼道，“我会去那儿和他谈谈。或许他会抽几天时间来企业集团。”

再入测试计划在下周一进行。汤姆和巴德周末晚上都待在费林岛。这个岛距离大西洋海岸只有几千米远，是斯威夫特守卫严密的火箭宇航中心。第二天一大早，他们就开车前往发射场。挑战者号停在那儿准备起飞。

由斥力装置提供动力的巨型月球飞船是一个闪闪发光的银

色立方体，四周被环形轨道包围。碟状的辐射天线可以在轨道上旋转，瞄准地球或其他天体。天线上的斥力射线来自于汤姆惊人的斥力装置发明，它可以为飞船进入太空提供助力。

挑战者号机身一侧有个类似门廊的楼梯平台。小巧的白色萤火虫安置在这个平台上，并将从这里升入太空。测试飞行器的前部是一个圆柱形的久热飞机包裹。

除了太空头盔外，汤姆和巴德已经穿戴好其他装备。在登机前，他们向新闻媒体和电视台记者挥手告别。

亚弗·汉森和满头金发、体型粗犷的企业集团总工程师汉克·斯特林，加上一小组工作人员一起登机了。两个男孩坐在机长和副驾驶员的位置。起飞前的最后检查一切顺利。与此同时，雷达天线正稳定地旋转着，扫描岛的上空区域。

最后传来乔治·贝林的声音：“一切就绪，可以起飞！”他是斯威夫特的无线电通信部门主管。

选择器面板上的灯光不停闪烁，汤姆忙乱地在控制台前进行操作。斥力装置暖气管发出的强劲斥力射线推离地面后，飞船急剧升入太空。

因为系在上面的斥力装置推力能持续提供一个G的均匀加速度，所以这次升空没有类似火箭发射的震动。透过驾驶舱厚厚的石英玻璃窗，男孩们看到下面的地球渐渐消失，天空也渐渐变黑，最终融入漆黑的外太空中。

企业集团的巨型宇宙探测器持续观测着飞船的上升过程。这架由汤姆发明的电子望远镜探测范围几乎能达到无穷远。它被放在主建筑穹顶之上，将图片传输至费林岛的监视屏。

在大约321千米高的位置，汤姆缓慢地将挑战者号移入轨道，然后让亚弗和汉克接手驾驶。

“好的，巴德，我准备好了。”

戴上太空头盔后，男孩们将舷梯降至飞机舱，从驾驶舱出来。两个身着宇航服的工作人员帮着他们爬进萤火虫驾驶舱，盖上了舱门盖。

“祝着陆成功！”一名工作人员通过无线电喊道。

汤姆戴着球形的透明头盔咧嘴笑着，做出了“OK”的手势。

工作人员松开肩带后，汤姆发动了小型的过氧化氢喷气式飞机。这样，“萤火虫”可以离开着陆平台，飞到母舰后下方的位置。

“现在我将向外伸展久热翼。”汤姆与费林岛基地建立联系后，通过远程无线电说道。

他按下按钮后，“萤火虫”前方圆柱形包裹便打开了。闪闪发光的巨型纤维织物护套慢慢膨胀成三角机翼状，双尾翼涌向船尾。

“现在，久浮泡沫正涌入护套并开始凝固，”汤姆通过无

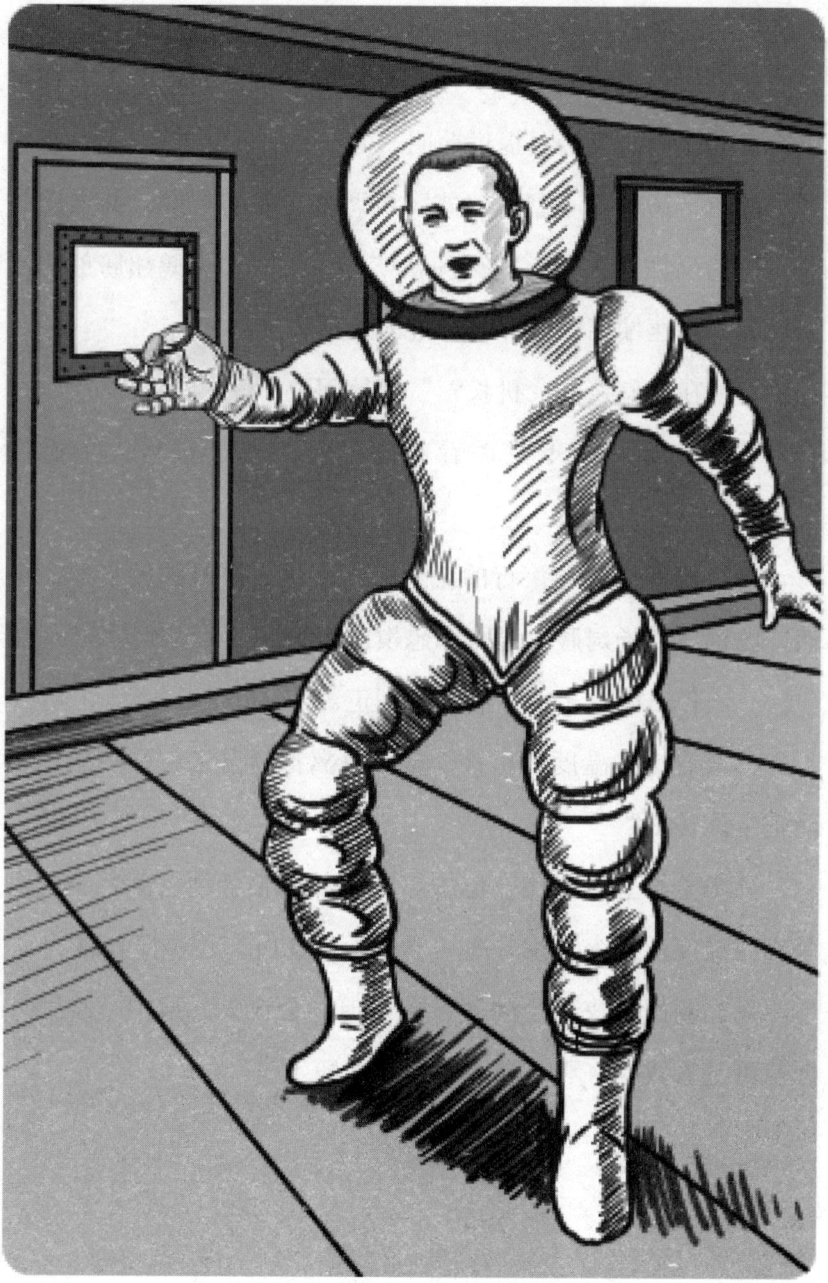

线电说道，“你们可以在监视屏上看到，机翼张开并保护着飞船的前部。但再进入时，一小部分机翼将按计划烧毁，这样可以给着陆操作的飞行员提供照明。”

现在，汤姆用小型喷气式飞机调整飞船的高度，并点燃久热飞机的反推式火箭。顷刻间，“萤火虫”如天鹅翅膀般的巨型机翼，迅速偏离轨道并俯冲进入地球大气层。

“现在该怎么办，机长？”巴德问道。

“什么都不干！只需看着仪器表，等待进行人工操作飞行。”

飞行器就像一颗疾行的流星，渐渐进入厚厚的大气层。突然，巴德看到汤姆脸上紧张和恐惧的表情。

“出什么问题了？”副驾驶问道。

“快看这些温度指示针！整个机翼都超温了！加热舱也不能正常运转！”

汤姆急忙查看电流输出安培计，并调整各种控制系统，但是表面温度计量表继续升高。巴德脸色苍白，心怦怦直跳。

除非汤姆解决这个问题，否则他们会在大气层中被烧毁。即使再进入成功，飞行器也会严重撞毁！

第五章 嗡嗡轰炸机

“汤姆，是什么堵塞了加热舱？”巴德紧张地问道。

“不知道，除非是等离子体护套。”

汤姆双眼紧盯着仪表，巴德透过遮盖往前看。

“你是指，”巴德接着问道，“飞船再入时周围形成的超高温电离空气吗？”

汤姆点头严肃地道：“等离子体很有可能改变了细胞晶体的热电性能。”

“快看！”巴德指着前方大喊道，“机翼快烧穿了！”

在男孩们正前方，久热飞机的一个长方形区域变得通红。

“这是视图槽。”汤姆答道，“这部分是该烧毁的，但不应该这么快！”

他的大脑竭尽全力地思考着，“巴德，可能有个办法！”

“说说看，天才。”

“还记得那台轨道轰炸机吗，那个外国科学家设想的火箭飞机？他设想，就像扔石头打水漂那样，可以让火箭在大气层中跳跃并以这种方式增加火箭的范围。”

巴德睁大了眼睛。“我明白了！飞机每跳动一次就可以降低一定的温度。”

“是的，每下降一次我们的速度就会降低。或许这可以避免最终着陆前温度过高。”

“天啊！能在这个机箱操作吗？”

“如果控制面能正常运转的话，应该可以。”

“双金属条呢？”

汤姆耸耸肩，说道：“石棉涂层可以使它们绝缘，最大的危险在于大部分机翼可能已经变软。”

将计划通过无线电发送到地面控制后，汤姆又检查了温度计和充电指示灯。然后他转动控制按钮回馈电流至双金属条，并使飞机前部向上倾斜。

男孩们屏住呼吸。离心力逐渐增加，这表明即使他们不看高度显示仪，也可以知道萤火虫的前部正在上升。

“我们正在爬升！”汤姆边查看雷达高度计，边大声喊道。他们快速升入太空，直到距离地球快160千米高的地方。机翼温度快速下降。

“成功了，机长！”巴德高兴极了。

“我们目前离安全着陆还差得还远呢！”

他们一会儿朝大气层飞去，一会儿又被弹回地球。汤姆看到仪表读数稳定在安全范围内，精神为之一振。每下降一次，反弹就相应变小。两个多小时后，“萤火虫”已完全绕地球轨道运行，接近既定的进入太空的地点。

“这是我们能掠过的最远距离。”汤姆告诉巴德，“再次下降时，我们一定要全力以赴！”

与此同时，地面控制一直在跟踪航天飞机的进展。斯威夫特先生通过无线电说道：“儿子，你们进入时的坡度会比设想的更大，不要指望将最终导向槽延长20%以上。情况非常紧急，这关乎你们能否安全回到费林岛。”

“爸爸，为我们祈祷吧。如果能顺利降落，我们一定会停在空旷的地方。”

“萤火虫”进入最后的下降阶段，男孩们的眼睛紧盯着仪表盘。温度计读数稳定上升后又回落，电流表表明电流全部输出。很明显，太空舱现在可以正常运转了！

机翼视图槽部分一片通红，发出耀眼的光芒，随后渐渐地被烧毁了。男孩们看见无边无际的太平洋，就像一条雾蒙蒙的蓝色地毯，大陆海岸线隐约可见。

“萤火虫”向东飞行。汤姆再次激活机翼控制，使机身前部向上倾斜，并尽可能地延长滑翔角度。很快，他们开始穿过山脉的山脊。但是飞船迅速下降，雷达高度计指示针下降到

19千米处。

巴德瞥了一眼汤姆，只见年轻的发明家咬紧牙关，看着飞船下方快速消失的地面。巴德在想，在此之前“萤火虫”能在空中待多久。

突然，飞船受到猛烈撞击并全速向前。

“我们遇到喷射气流了！”

汤姆点头道：“是的，巴德。我就指望着这股气流帮我们穿过大陆。”

五大湖区出现在他们的左侧，汤姆将燃着的尾梁底部变弯，机翼前端倾斜，方向舵向左。渐渐地，“萤火虫”转向北方航行。现在，他们可以辨认出大西洋模糊的轮廓了。

“我们快成功了！”巴德激动地说道。

汤姆扑哧一笑道：“快祈祷飞船能保持足够的高度，把我们送回家吧！”

空中交通管制部门为他们开辟了一条紧急飞行通道。汤姆也准备好在必要时启动久热飞机迫降装置。现在费林岛已进入视线，就在正前方。

飞船急速下降，汤姆竭尽全力地驾驶着，以便精准降落在岛上机场。这时飞船机翼和前部向上弯曲，并突然出现低速制动。男孩们做好准备，迎接着陆的冲击。

振动收缩后，“萤火虫”砰的一声落地，沿着机场跑道滑行——多亏有久热翼上的泡沫塑料带来的缓冲！

男孩们惊魂未定，目瞪口呆，上气不接下气。机场上一大群记者和民众蜂拥而至，现场一片混乱。

汤姆和巴德走出久热飞机，面对一台台电视摄像机。记者们将麦克风推到前面，不断向他们提问并表示祝贺。

“谢谢！我们非常感激大家的热情和关心，”汤姆谦虚地说道，“我认为，这已证明久热翼能为宇宙飞船再进入提供一种可行的方法。但无论如何，这次测试并不是完全成功的。热电转换系统仍需进一步改进，以避免出现我们这次遇到的问题。”

哈伦·艾姆斯那天早晨便飞抵火箭宇航中心，为发布会做好安保准备工作。随后他和斯威夫特先生，还有男孩们一起飞回企业集团。快着陆时，他让汤姆来办公室一趟。

“有什么事？哈伦？”

“我不想让你爸爸产生不必要的担心。但是，你确定测试出状况和其他人的破坏行动没有关系吗？”

汤姆惊讶地皱着眉头，然后摇了摇头道：“我觉得这不太可能。当然，除非对机翼进行彻底的核查，我不能说得太绝对。你怎么会这么认为呢？”

艾姆斯耸耸肩，在房间里踱着步子，说：“久热飞机进行了彻底的地面测试。我们知道，至少有一个人‘亨肖·蒂克’希望我们测试失败。我还是认为应该核查是否有人恶意破坏。”

“好的，或许我该亲自去核查一下。”

“你打算怎么查呢？”艾姆斯问道。

“我计划明天去问问格兰戴克大学的瓦伦蒂博士，他也是一名宇航员。在途中，我会去托尔太空航空公司，找蒂克谈谈。如果真是找麻烦，我们很快就可以查出来。”

电话铃响了。艾姆斯接听后对汤姆说道：“机长，门口有你的一件快递，需要送进来吗？”

汤姆点头同意。信很快就送来了。汤姆扫了一眼信封，上面没有写回信地址。他撕开信封后，只见“嗡嗡”地飞出来几只飞虫，这让他大吃一惊。

“天啊！这是在开玩笑吗？”

一只苍蝇飞到艾姆斯脸上，他快速地躲开说：“里面还有什么？”

汤姆看后确定地说道：“什么都没有，里面是空的。”

这些飞虫不停地围着汤姆和艾姆斯打转儿。汤姆正准备赶走一只，艾姆斯突然大叫道：“小心，机长！不要让它们咬到你！”

汤姆意识到危险后，脸色苍白。艾姆斯从桌上抓起一摞纸，汤姆也拿起一本科技杂志，用力地拍打着这些会飞的攻击者。他们一步步地退到门口附近，然后迅速冲了出去，关上了门。

艾姆斯满脸是汗，他向安保喊道："快拿杀虫剂！"然后他拿起电话，拨给年轻的公司医生辛普森。

十分钟后，被杀灭的虫子堆在一张桌子上。辛普森医生用镊子夹起一只，"这是黑马蝇，"他说道，"被它们咬到可能会导致昏迷，但不是很危险。"

"如果我没猜错的话，"艾姆斯大喊道，"这些一定相当危险。"

"我们很快就能查明真相。"医生答道。汤姆、艾姆斯和他一起来到企业集团医务室，实验室的玻璃片上涂着飞虫的血液。辛普森医生透过显微镜观察血样，神情严肃。

"这些苍蝇感染了鼠疫杆菌——一种淋巴腺鼠疫细菌。如果被咬到，数天内就会丧命。"汤姆有些沮丧。医生又说道："通常这种病毒的携带者是老鼠和跳蚤，有人一定费了很大力气才使这些马蝇感染病毒。"

阿曼的助手菲尔·拉德纳来到实验室。"门卫那里没什么线索，"他说道，"邮件不是邮车送过来的，是一辆普通的黑色轿车送过来的。当然，邮戳是伪造的。"

"司机呢？"艾姆斯问道。

"门口人很多，门卫几乎没注意到他。只模糊地记得司机看起来像拳击手——或许他有个歪鼻子。"

艾姆斯担忧地皱起了眉头。“汤姆，我不知道这是否能证明有关破坏行为的猜测，但可以肯定的是，有人想害你！”

“好的，哈伦，我会格外小心的。明天我一定会去找亨肖·蒂克。”

第二天，汤姆开着时髦的银色跑车离开了公司。他并没有直接开到格兰戴克，而是中途绕行至托尔太空航空公司所在地班伯里。

快到这所巨大的航空公司时，汤姆吃惊地看到公司一角正喷出污垢和碎片。随后一刹那，只听到“轰”的一声巨响！

第六章 神秘小行星——彼得罗纽斯

汤姆既困惑又震惊。他加快速度，不一会儿就把车停在了托尔太空航空公司入口处。工作人员四处跑动，很快爆炸现场就聚集了一群人。

汤姆走进主楼大厅时，警报还没有解除。他将自己的名字告诉了前台客服，这名年轻的女士很有魅力，但看起来非常忙碌。

“我想找蒂克先生。”汤姆说道，“但是鉴于刚刚发生的事情，如果他不能见我，也没关系。”

小汤姆·斯威夫特的大名令接待员印象深刻，特别是昨天她看过有关汤姆航天测试的电视报道。“不会，不会，请坐。”她连忙答道，“如果你能等到事情平息下来的话，蒂克先生一定会很高兴见到你的。”

“爆炸时有人受伤吗？”汤姆问道。

“我还不确定，但是从最早的报道来看，应该没有人受伤。”

汤姆坐下来，看着人们经过大厅时激动地谈论着这件事。他了解到，爆炸发生在一个比较开阔的地方，所以没有人受伤，公司设备的损失也不大。

骚乱渐渐平息，公司恢复正常秩序。几分钟后，汤姆被叫进总裁办公室。

亨肖·蒂克正在办公室里踱来踱去，满脸怒气。他肩膀宽阔，大腹便便，看起来很像变胖的运动员。他瞪着汤姆。

"你是过来看爆炸的，不是吗？"他没好气地问道。

"我不知道你在说什么，蒂克先生。"汤姆冷冷地回道，"我开车来的路上碰巧看到了爆炸。你知道爆炸原因吗？"

"你当然清楚！"蒂克愤怒地说道，"是因为从篱笆那边扔进了一枚炸弹，很有可能是从路过的车里扔进来的。"

蒂克从桌上抓起一张纸，扔给汤姆，"看看这个吧，今天早上在邮箱里面发现的。"

纸条上用墨水写着几句话：

蒂克，你是在自找麻烦。这是警告你，现在你要有麻烦了！

下面没有签名。

汤姆读完纸条后说道："你认为这威胁是来自同一个人，还是扔炸弹的那些人？"

“很明显，其目的就是报仇，我能马上说出可能有这种动机的人！”

“我认为你说的是我，”汤姆努力地克制自己，“你错了，炸弹与斯威夫特企业集团没有关系，蒂克先生，我从没有想过报复你。”

“噢，没有吗？”蒂克冷笑道，“我猜上周的采访报道没惹怒你吧？”

“考虑到这是报纸的报道，我会原谅你的。”汤姆回复道，“既然说到这个话题，请问你采访时说的那些话有什么目的呢？”

“我没有什么目的。当时我很清楚地表明，这些是不能记录的，也不允许公之于众。但是愚蠢的记者一意孤行，把我的话都发表在报纸上。斯威夫特，你真不走运，不过你别以为我会为这件事发愁。”

“这是我最不想听到的。”汤姆说道。他的眼睛闪闪发光。

蒂克轻蔑地哼了一声，“从昨天几乎成为灾难的测试来看，我的话正中要害。你设计的久热翼只适合小鸟，而不是宇航员！”

报纸上关于汤姆·斯威夫特最新发明的报道很明显刺激到了蒂克。他不停地嘲笑久热翼，渐渐地变成了不断的谩骂。他的声音越来越大，汤姆听了一会儿，本来准备插上几句，最后只得转身离开。

“站住，斯威夫特！”这个结实的航天主管怒吼道，“我会向调查局报案，他们一定会找你谈话！”

“如果要谈话，他们知道我在哪儿。”汤姆淡淡地说完便走出去了。

汤姆开车离开，心里非常愤怒。“不必为那个小人的话生气。”汤姆提醒自己。等他到达格兰戴克大学时，心情已经平静了很多。

汤姆已提前给瓦伦蒂博士打过电话，约好十二点半一起吃午餐。两人见面后，来到大学附近的一家餐馆。

人到中年的瓦伦蒂身材高大、目光敏锐、朝气蓬勃。他读过斯威夫特先生关于将小行星宇航中心作为太空探索基地的文章。而且，他和斯威夫特先生、汤姆一样，对这个计划充满热情。

“很少有人关注这些小行星。”瓦伦蒂说道，“你们的计划至关重要。不仅是对天文学和太空探索领域，而且对其他科学领域也很重要。你们通过小行星输送一批航天员进入太阳系的计划，激起了人们的无限遐想！”

“爸爸和我都想知道，”汤姆说道，“你能否预测一颗适合实验的近地小行星。”

“嗯！有几个待选小行星。当然，最终的选择则取决于你们选定的会合时间。”瓦伦蒂小口喝着咖啡，眉头紧锁，陷入沉思。他接着说：“事实上，最近有一颗小行星非常靠近地球。奇怪的是……”

这引起了汤姆的兴趣。“瓦伦蒂博士，哪里奇怪呢？”

“这颗小行星好像严重偏离了正常运转轨道，之后我完全看不见它，到现在也无法对它准确定位。”

“你是说它从太空中消失了吗？”汤姆惊奇地问道。

瓦伦蒂耸了耸肩。“我不知道。因为这个名叫彼得罗纽斯的特殊小行星直径只有一千米，宽度不超过800米。这是我们能探测到的最小的小行星。这可能是我再也没看到它的原因。”

汤姆对小行星的突然消失困惑不已。“或许你可以通过企业集团的巨型太空探测器找到它。”他提议道，“如果你有时间的话，爸爸和我都非常欢迎你。”

瓦伦蒂收到邀请后非常高兴地说：“汤姆，没有比这更让我高兴的了！”

汤姆将瓦伦蒂博士送到学校后，回到了肖普顿。在路上，他继续思索着消失小行星的奥秘。瓦伦蒂说过，彼得罗纽斯体积极小，这使得它的可视度低，甚至在相机底片上也很难发现。另一方面，为什么它在消失之前就出现不正常运转呢？

汤姆瞥了一眼后视镜，突然他的思绪被拉回了现实。骑着摩托车的高速巡警正全速追赶他的银色跑车。

“出什么事了，”汤姆心想，“我没看见乱开快车的家伙经过呀。”

不一会儿，这位戴着白色头盔的巡警跟了上来。令汤姆吃惊的是，警察挥手示意他停车。

汤姆放慢速度停车。警察先把摩托车停在跑车前，然后转身朝汤姆走来。

“你是小汤姆·斯威夫特？”

“是的。”

“警察局总部收到搜查令，要求搜查这辆车，”警察继续说道，“我现在没带搜索令，你介意我看看你的车吗？”

汤姆非常吃惊。“当然不介意，尽管看吧，不过为什么呢？”

警官没有回答，只要求他拿出车钥匙。然后他大步走到车后并打开了后备厢。过了一会儿，他关上后备厢，回到汤姆身边。

警察表情严肃地说道：“我将把你作为重要证人移交给警方，这和庞因特·斯巴达宇航中心的袭击案有关！”

第七章 定罪证据

汤姆几乎不敢相信自己的耳朵。“你为什么要带走我？”他问道。

“你去问我的上司吧。”巡警很不快地答道，“我的任务就是带你过去。”

摩托车巡警送汤姆到肖普顿附近的警局。当得知朋友罗克警长正在值班时，汤姆松了一口气。

汤姆被告知在外面办公室等候。那名巡警报告时，汤姆由一名接待警员看护。罗克警长出来了，他用力地和汤姆握手，表情严肃。

“汤姆，到我办公室来，看看我们能否一查究竟。”

汤姆落座，问道：“这到底是怎么回事？”

“警察总部接到一个匿名电话。”

“指控我和庞因特·斯巴达袭击案有关？”

“不仅如此，举报人声称，跑车里的证据足以证明你和袭击有关。这个电话本来无关紧要，但是他说要将此事告诉记者，所以我们不得不核查。”

“我还是不知道证据是什么，”汤姆说道，“也不知道巡警是否发现了任何证据。”

“他发现了一些，现在就带进来。”

不一会儿巡警进来了，在罗克桌上放了两样东西。汤姆大吃一惊，其中有一套制服，胸部饰有一道闪电划过地球的标志！

罗克拿起衣服，问道：“你以前见过吗？”

“这是袭击者穿的制服，”汤姆紧张地说道，“但我绝没有把它放在我的车里。”

另一样东西则是一份油印小册子，上面有同样的标志，名为太空征服计划。汤姆非常吃惊。

“你真的不知道这些东西是怎么放进去的？”罗克问道。

“是的，很可能是我停车时，有人放进去的。”他提到自己去见过亨肖·蒂克和瓦伦蒂博士。

罗克点点头：“这有可能，毕竟找到相匹配的车钥匙不难。”

“那么你相信我是清白的吗？”汤姆问道。

“我当然相信你！但是这些证据对你十分不利。”

罗克手指敲着桌子，无助地耸耸肩。“此次袭击案是针对政府的攻击，我的想法无关紧要，因为这是调查局的案子。你签下保证书后，就可以走了。”

汤姆开车回到企业集团，他看见父亲正和艾姆斯商量事情。他们已经知道警察总部的搜查令，罗克也电话通知了他们。

“调查局怎么说？”汤姆问道。

“你进来之前我们正给韦斯·诺里斯打电话，”斯威夫特先生回答道，“他保证，绝不会把你和庞因特·斯巴达袭击案牵扯在一起。”

艾姆斯担忧地说道：“我们应该担心的是新闻报道。”

“新闻媒体一小时前就打电话过来了。”斯威夫特先生补充说道，“很明显，给警局和新闻机构打电话的是同一个人。当然我们拒绝回应此事。”

“这也解决不了问题，”艾姆斯悻悻地说道，“各大报纸一定会大肆报道，汤姆，即使像你这样的名人，也逃不过这样的诽谤伤害。”

“我很困惑的是，”汤姆苦苦思索着，“有人这么做，是想从中得到什么好处呢？当然这会伤害到我和爸爸的名誉，但这又能怎样呢？”

“任何的诽谤都会让蒂克这样的竞争者高兴。”艾姆斯说道。

“或许吧，”汤姆承认道，“但是蒂克怎么能伪造出和袭击者一模一样的制服呢？”

艾姆斯的话使汤姆想起托尔太空航空公司的爆炸事件。艾姆斯答应调查此事。汤姆还告诉父亲，瓦伦蒂博士已接受邀请来拜访企业集团。

艾姆斯关于头条新闻报道的猜测，在当天下午就应验了。尽管在当地的《肖普顿晚报》上，由丹·帕金斯撰写的头版社论，谴责这些报道是“对小汤姆·斯威夫特愚蠢的指控”。

电视台新闻广播员也报道了此事。他们认为，关于小册子的内容目前还不清楚，这些已经被送到调查局和情报局。

第二天早上，巴德来到汤姆的实验室，谈论关于报道的事情。很快，他就被汤姆手头的工作所吸引，年轻的发明家正专心致志地用斯威夫特质谱仪分析久热飞机加热舱。

“再进入测试时，到底出什么问题？”他问道。

汤姆皱起了眉头：“肯定是加热舱出问题了，我觉得这是因为机翼的久浮污染了加热舱。”

巴德挠挠头道：“天才，我没听懂。”

“久浮泡沫涌进防护套的时候，一些泡沫从孔隙中渗出。然后在再进入温度达到最高时，它就会被烧毁。”

“这非常糟糕吗？”

“是的。烧掉的久浮微粒和外界的等离子体混合，然后进入加热舱，这些微量物质足以导致加热舱在温度达到最高时无法正常运行。”

“你为什么这么确定呢？”巴德问道。

“因为有这个MHD加速器——MHD是磁流体动力的意思。”汤姆来到一排设备前说道，“这个能产生热等离子体流，和我们再进入时遇到的等离子体类似。至少，这是我们在实验室能够模拟出的最真实场景。”

“好的，我洗耳恭听呢。”巴德咧嘴大笑道，“告诉我它是怎么运行的。”

“电弧加热器输送空气并加热至等离子体温度，加热后的空气就通过这个空间和金属铯的微粒混合。”

“棒极了，但这到底是什么意思呢？”

“通过电子脱离原子，金属铯很快被电离并变成真正的等离子体。反过来，这也会促进空气电离。即当空气流经MHD加速器时会变成等离子体。”汤姆指了指由强化玻璃制成的隔间，这种玻璃也用于深海水族馆，上面缠着无数线圈和C型磁铁。

“这是什么？”巴德问道。

“这些线圈和C型磁铁都是超导体：一个负责供给混合热空气输送能量，并把它转换成等离子体；另一个则负责建立一个密闭空间限制等离子体，最终等离子体通过这个排气管。”

巴德困惑地点点头。"好的，我明白了。接着说吧，专家！"

汤姆指向一组经过特殊安装插入MHD加速器的加热舱，他们用电线存储自发电。

"首先，我们要进行与久热飞机设计相同的测试。"

汤姆和巴德戴上护目镜后，接通了设备电源。此刻，透明的玻璃加速器隔室充满了既黏稠又灼热、耀眼而明亮的一团等离子体。汤姆查看了输出电流表。

"好的，加热舱运行正常。"

"接下来怎么办呢？"巴德问道。

"我会混合久浮微粒和等离子体。"汤姆将一些破碎的塑料泡沫插入播种室上方的储槽内，这时电流表指针迅速下降！

"难怪呢。"汤姆对结果感到很沮丧，"这演示了久浮污染加热舱的过程。"

"汤姆，有什么解决办法吗？"

"嗯。我觉得通过改变细胞晶体生长过程中的'剂量'，我可以……"

突然传来"嘶嘶"声，只见从真空包装的线圈里喷出一股蒸汽。汤姆大叫道："快速卧倒，堵住耳朵！"

两个男孩迅速扑倒在地。只见电磁铁线圈周围出现青白色电晕，着火的等离子体迅速掠过房间，并发出尖锐的破裂声和低沉的咆哮声！震耳欲聋的雷声振动着整个实验室！

灼热的冲击波使汤姆和巴德大惊失色，躺倒在地，之后才慢慢地站起来。

“哇！刚才那是什么？”巴德声音沙哑地问道。

“那架灰白的飞机内有冷却液泄漏，造成磁场崩溃。”

汤姆查看损坏情况。玻璃加速器隔室已破裂，内部的等离子体像一道闪电似的泄漏出来。雷声震碎了所有的窗户，试管和玻璃制品都碎了。

这时，惊讶的工作人员涌入实验室，看到底发生什么事情。汤姆告诉大家他和巴德一切正常，随后检查了设备。

“小小的冷却液泄漏为什么会造成这么大的爆炸呢？”巴德问道。

“这些线圈只有在温度非常低的时候才是超导体。一旦温度升高，控制领域就会失效，紧接着巨大的能量进入等离子体。”

“加速器也阻止不了，是吗？”

“看啊！”汤姆指着实验室墙上的小孔，“看，加热仓和磁铁壳击穿了墙壁。”

“哇！”巴德吓得直打哆嗦，“如果加速器运行的时候我们仍站着，估计现在我们身上都是被击中后留下的小洞！”

“在企业集团工作就是这样，这里的生活总是充满

刺激。”

一群工作人员迅速修复损坏的器械。到傍晚时，汤姆开始用一种不同的剂量对一批新的加热舱晶体进行测试。这种剂量能在等离子体中正常运行，即使被久浮痕迹损坏时也能输送充足的电流。

周四上午，瓦伦蒂博士到了。汤姆在汽车站与他碰面，然后开车载他到企业集团公司。瓦伦蒂将住在为科学家客人特别准备的房间。随后，汤姆和他爸爸在办公室里和瓦伦蒂博士进行亲切地交谈。

他们三人讨论起即将实施的小行星计划，特别是一些技术方面的问题。例如人造重力场、食物和空气供给要求，以及一个可行的核动力推进系统，用于在紧急情况下改变小行星运行路线。

“顺便说一下，”斯威夫特先生说道，“我发现了一颗靠近地球的小行星，它有可能符合我们的计划要求。如果你愿意来天文台的话，我会用航天探测器展示给你看。”

“非常愿意。”瓦伦蒂答道。

三人正要离开办公室时，斯威夫特家的秘书特伦特小姐告诉汤姆有人打电话找他。“是埃尔多拉多航空公司的总裁伊恩·卡斯韦尔先生打过来的。”她补充说道。

汤姆有些吃惊。埃尔多拉多是本国最大的航空公司之一，拥有遍及世界各地的航线。“爸爸，你们先走，”汤姆说道，“我接完电话就过来。”

汤姆回到办公室接听电话，卡斯韦尔立即说道：

“我们想和你做笔重要的交易，”他说道，“我希望你能尽快到X城详谈此事。”

第八章 太空之谜

汤姆对这笔交易很感兴趣，但是又不愿意因为其他事情而影响他参与小行星计划。

“卡斯韦尔先生，我最近很忙，”他说道，“我和爸爸正准备开展一个新计划。我们大概需要谈多长时间？”

“不会很久。我觉得一到两个小时就可以谈完。”

汤姆犹豫了一下，然后说：“好的。今天下午一点如何？”

卡斯韦尔咯咯地笑了：“好极了！斯威夫特家从来不拖拖拉拉。事实上，今天上午我们有个董事会。你中午十二点到，然后和大家一起共进午餐如何？”

汤姆同意了。他挂断电话后，将此事告诉爸爸。然后联系飞机库，命令旋转小鸭做好起飞准备。

十一点左右，汤姆出发飞往X城，然后乘出租车来到埃尔多拉多大楼。卡斯韦尔热情地和他握手后，两人来到位于摩天大楼顶层的高管餐厅。

这位航空公司总裁待客十分热情。他向公司各位高管介绍了汤姆。午餐时的交谈轻松、幽默。午餐结束时，所有人来到会议室，卡斯韦尔开始谈合作计划的事情。

“安全一直是埃尔多拉多航空公司的座右铭，”他说道，“我们不是空喊口号，而是要让大众相信，乘坐我们的航班在任何时候都是安全的。这也是我们对久热翼的紧急迫降特色感兴趣的原因。”

汤姆非常惊讶，因为这个特点并未用于再进入测试，而且外界也很少知道。汤姆问：“你是指，把这个装置安装在贵公司的飞机上吗？”

卡斯韦尔点点头，说：“是的。我们认为，花费一定的成本就可以将其改装用于民航飞机。”

“是的先生，目前它还没有批量生产，但是单位价格会比较低。”

“这个装置是怎么运行的？”一名董事会成员问道。

汤姆解释道，这个装置将安装在飞机前部一个小匣子内。他利用会议室画板勾勒出了运行原理。

“飞行员一旦知道飞机即将坠毁，就会启动这个装置，”汤姆说道，“这可以点燃制动火箭，使飞机下坠时有所缓冲。”

“同样的爆炸会使织物护套向前轻微地移动，部分火箭排气可以使护套膨胀变大。塑料泡沫——一种比空气还轻，用于久热翼的久浮，会涌出并在外壳内部固化。”

汤姆在画板上演示了产生的结果——犹如巨型蘑菇状的久浮保护着飞机前部。

“久浮拥有比空气还轻的浮力，可用作气球和降落伞，这进一步减缓了飞机的下降过程，”他继续说道，“当真正坠毁时，蘑菇般的泡沫细胞结构会遭到破坏并吸收大部分冲击。”

“你进行过测试吗？”航空公司总工程师问道。

“我用无线电远程遥控无人机共进行了三次测试。”汤姆回答道，“在每次测试中，机身只是轻微损坏，虚拟人员没有受伤。我们的研究表明，飞行员在三次坠毁中都可以逃脱。”

其他人提出疑问后，卡斯韦尔说道：“我想我们已经了解所有必要的情况，大家同意安装汤姆·斯威夫特发明的装置吗？”

大家异口同声地表示赞同。

航空公司如此迅速地接受他的发明，而且没有要求测试和进一步研究，这让汤姆很困惑，但很快他就明白了其中的原因。卡斯韦尔正和销售经理商谈开展大型广告推销活动，大力宣传这种装置的安全特性。显而易见，埃尔多拉多航空公司想利用广告宣传手段提高销售业绩。

汤姆对他们的这种态度十分反感。但是，航空公司愿意使用紧急降落装置，也让他很高兴。同时，他也相信这个装置迟早会证明其价值。

“你什么时候能给我们报价和送货呢？”卡斯韦尔问道。

“过几天我们公司的生产经理会通知您，”汤姆承诺道，“同时，我们目前有三套安全装置，你们可以立即安装。”

卡斯韦尔激动地拍着会议桌：“汤姆，我就喜欢和你这样的人做生意！我们接受你的报价。”

汤姆飞回企业集团，心里十分高兴。飞机降落后，他急忙来到办公室，想告诉爸爸他和埃尔多拉多航空公司的交易。特伦特小姐告诉他斯威夫特先生和瓦伦蒂博士仍在天文台。

“你爸爸刚打电话，交代你回来后立即去天文台一趟。”她补充说道。

汤姆发现父亲和瓦伦蒂博士正站在宇宙探测器操作台前。格子状的巨型天线透过露台伸入天空。斯威夫特先生和瓦伦蒂博士看起来非常激动。

“怎么了？”汤姆问道。

“你爸爸有一个令人震惊的发现！”瓦伦蒂博士指着探测器显示屏说道。

汤姆走近一看，不觉瞪大了眼睛。显示屏上是一个布满岩石的小天体图像，它正在绕轨道运行。汤姆问：“一颗新的小行星！爸爸，这就是你一直观测的那颗吗？”

“不，这是另外一颗，我是碰巧发现它的。”斯威夫特先生说道，“我们今天早上来天文台对准天线的时候发现了它。从它的体积和其他基本观测数据来看，瓦伦蒂博士认为这就是小行星彼得罗纽斯。”

“彼得罗纽斯！就是之前消失的那颗吗？”

瓦伦蒂点点头说：“它似乎被地面重力捕获，现在正沿着轨道绕地球运行。”

汤姆非常吃惊：“你是说它脱离了正常轨道吗？”

“是的，这又留下了一个更大的谜团。”

“政府空间探测和跟踪系统也发现了它，”斯威夫特先生说道，“我打电话和他们核对时，他们在三天前就已经发现了，但是未能识别这颗小行星。”

三人讨论着小行星改变轨道的原因，对事情的始末缘由困惑不已。

“爸爸，是不是外星朋友改变了彼得罗纽斯的运行轨道？”汤姆猜测道。

“儿子，这有可能！至少目前来看，这是极有可能的。我们最好和他们联系一下。”

几个月前，一枚刻有奇怪数字符号的黑色导弹从外太空精准着陆到企业集团公司，斯威夫特父子俩也首次接触了未知的太空生物。他们解码了这些数字符号，并与发送者建立了无线电通信。

最后，汤姆设计了一台能够自动处理这些信息的电子计算机。示波屏上移动的光波跟踪着这些代码符号。

汤姆和他的父亲还有瓦伦蒂博士一起，急忙赶到企业集团的通信中心。在途中，巴德·巴克利也加入了他们。听到这个消息后，他非常激动。

“哇！听起来好像有人在小行星上的体育场踢足球了！”巴德喊道。

“然后一脚踢中地球了，是吗？”汤姆笑道，“如果继续这种游戏，太空探索就太危险了！”

他给空间发射机升温，接着在编码器主机上敲出一条询问信息。几分钟后警示铃发出信号，显示无线电天文望远镜收到一条回复。奇怪的符号在示波屏上闪烁，进入的信息被打印在磁带上：

来自地球的力量移动了小行星

“地球的力量？”巴德问道，“这是什么意思，地球重力场的拖拽力吗？”

斯威夫特先生和汤姆面面相觑，一脸困惑。

“它很有可能指地球重力。”斯威夫特先生慢慢地说道。

“也有可能指地磁力——这也是一种‘地球的力量’。”汤姆补充道。

瓦伦蒂博士皱着眉头，充满困惑地摇摇头说：“我觉得这些力都不足以使小行星脱离以前的路线。”

“这句话是否指，”汤姆问道，“地球上某种人为力量改变了它的路线？”

“让我们再问问太空朋友吧。”斯威夫特先生建议道。

汤姆又发送了一条信息，却收到了同样的回复！这让大家迷惑不已，汤姆和他的父亲决定先不想这个问题。

汤姆告诉大家埃尔多拉多航空公司决定安装紧急着陆装置的消息。

斯威夫特先生和汤姆一样高兴。“我会让汉克·斯特林明天一早将这三台装置送到航空公司。”他说道，“奈德可以制作一份生产成本明细表。”

奈德·牛顿是斯威夫特先生的老朋友，他们一起经历过许多惊心动魄的冒险。牛顿现在管理着斯威夫特建筑公司，负责制作和生产斯威夫特家各种发明。

那天晚上汤姆正在家看电视，突然电话铃响了。打电话的是乔·温克勒。

“汤姆，你能帮帮我吗？”厨师问道。

“当然可以，朋友。出什么事了？”

“一件很有趣的事。因为这笔重要的矿产交易，一个坏蛋正在跟踪我。”

“矿产交易？”汤姆惊呼道，“乔，到底发生什么了？”

“我现在不能告诉你，汤姆。我正在一个电话亭给你打电话，那个家伙可能正盯着我。我打算这么做：十五分钟之内我把他引到中心公园西边。你就在路上等着，等他路过时抓住他！”乔挂断了电话。

汤姆立刻冲进跑车，朝市中心开去。离目的地还有一个街区，汤姆找到一个空车位停车，然后步行至公园。

街灯四处闪烁，汤姆在公园旁边的树底暗处等待着。现在，他清晰地听到乔的高跟牛仔靴发出的嗒嗒声。

不一会儿，汤姆就看到了乔，但乔没有看到汤姆。在他身后二十米远，跟着一个身材高大、面容粗犷的男子。

汤姆缩到暗处，等着那名男子靠近。然后他突然跳了出来，拦住了跟踪者的去路，说：“等等，先生！你为什么要跟踪——”

这名男子一声怒吼，打断了问话，并一拳击向汤姆的下巴！

第九章 蓝宝石样本

汤姆躲过了那一击。不等拳头再次袭来，他抓住袭击者的袖子将他猛甩在地上！

袭击者“砰”的一声摔倒在地，随后又立即站了起来。汤姆打起精神握紧拳头，准备应对新的搏斗。然而，这名男子却猛冲过来，猛拉汤姆的脚踝使他摔倒在地！

陌生男子打算在汤姆能从地上爬起来之前再猛踢一脚，但是汤姆一脚先踢到对方的胸部，使他向后退了好几步。

乔听到扭打声后，快速跑过来帮忙。他拼尽全力撞向跟踪者，可是陌生男子的后脑勺撞到乔的下巴，乔立刻昏了过去，还没等乔清醒过来，袭击者又猛击他的肚子。矮胖的乔发出痛苦的惨叫声，不停地挥动着两个拳头。

这时，汤姆站了起来并迅速加入了打斗。陌生男子看见他后，立即将乔推向汤姆，然后冲出了花园。

过了好一会儿，汤姆和乔才缓过神儿来。“咳，竟被他跑掉了！”乔气急败坏地说道。

“跟着他！”汤姆大声喊道。

他们立即起身追赶陌生男子。但是花园里灌木丛生，男子很快消失在黑夜之中。他们急忙四处寻找，在树林和灌木丛中穿行盘查。最后只好放弃了。

“真倒霉！”乔咆哮道，“或许我们应该报警。”

汤姆疲倦地摇摇头：“恐怕没什么用。除了因为阻止他跟踪你，而袭击了我以外，这个人毕竟没有做违法的事情。”

乔查看他的西式夹克时，厌烦地叫了起来：“看呐！卑鄙的跟踪者把我的夹克都撕破了，是件崭新的夹克呀！”

汤姆轻拍着圆胖的乔，安慰他道：“走吧，朋友，我开车送你回去。”

他们刚坐进跑车，汤姆问道：“现在可以说说电话里提到的矿产交易吗？”

“事情得从我昨天收到的那封信开始讲起。”乔穿上外套，“这封信在这儿，你可以看看。”

汤姆把车停在路边，快速地读着那封信。

亲爱的乔：

你不认识我，但是我通过你的一个朋友联系上了你。他从事采矿工作。我有一个激动人心的采矿计划，你一定想和我谈谈。这个计划可赚几千万元！如果你感兴趣的话，周四晚上九点，船之灯笼餐厅见。

弗兰克·科尔皮

“他提到的这位老朋友是谁呢？”汤姆问道。

乔向后推了推他的宽边高顶帽，说道：“唉，我竟然忘了问他！”

汤姆心想，这笔“激动人心的采矿计划”像是一场骗局。“嗯，我猜你还没有投资这个计划？”汤姆小心地问道。

“是，还没有。但是这听起来是个好机会。这个叫科尔皮的家伙已经发现了一个蓝宝石矿，获得的财富可以买下半个老家呢！”

“蓝宝石矿！”汤姆惊呼道，“你是指在西部某个地方吗？”

“在我答应和他做交易之前，他不会透露任何信息。”乔答道，“但是我很感兴趣！等会儿，我把测试过的蓝宝石样本拿给你看。这是一大块未加工的蓝宝石原材料，大到可以在上面挖个洞。”

乔不停地在口袋里摸索着那块石头。突然，他吓得气喘吁吁。

“怎么了？”汤姆问道。

“宝石不见了！真讨厌！一定是跟踪者撕扯我的口袋时弄丢了！”

汤姆启动了跑车引擎。“别急，老朋友。如果是在你打斗的时候弄丢了蓝宝石，或许我们可以重新找回来！”

汤姆急转弯后加速开往市中心。他们刚到公园，乔惊讶地大叫道：“嘿！又是那个家伙！就是他在跟踪我！”

一头金发、面容粗犷的男子正弯腰蹲在路边的草丛里。他拿着手电筒，好像捡起了一样东西。当汤姆的车头灯照过去时，男子惊讶地站了起来。

汤姆猛踩刹车，跳出跑车。乔从另一侧跳了出来，他们一起冲向陌生男子。

陌生男子快速冲向树底下的一辆摩托车。他把手里的东西装进口袋，纵身一跃，跳上了摩托车，并发动了引擎。伴随着呜呜声，摩托车快速地穿过了漆黑的公园。

乔一怒之下将高顶宽边帽甩到地上。汤姆大叫道：“快！估计可能追到他！”

他们跑回车里，开始在公园附近寻找陌生男子。但是，那人早已逃走，摩托车消失在夜晚的车流里。

汤姆立即通过车内的特殊无线电收发器报警，然后联系安保主任哈伦·艾姆斯，让他到总部会合。

汤姆来到陌生男子搜寻过的那块草地，停了下来。他从贮物箱内取出手电筒，仔细查看扭打的地方，但是他们没有找到那块丢失的蓝宝石。

“有可能是我们在追他的时候丢的。”汤姆不太确定地说道。

乔沮丧地摇摇头：“不对，我觉得不是，汤姆。从口袋撕坏的样子来看，石头一定会立即掉出来的——而且，我们都看到那个家伙捡起一样东西。”

“恐怕你是对的。”汤姆赞同道，“他很有可能捡到了那块蓝宝石。好吧，我们快走吧！”

过了一会儿，他们向艾姆斯和一名在肖普顿警察总署值勤的警长说明了此事。

“你什么时候发现那个人在跟踪你？”警察问乔。

“我离开餐厅就发现他了。”

“你觉得他知道你手里有块蓝宝石？”艾姆斯说道。

乔耸耸肩说：“我想是的。不然他为什么要跟踪我？或许他还看到科尔皮在餐厅里把宝石递给我。”

“科尔皮是谁？”警察问道，“你了解这个人吗？他住在哪儿？”

“不知道。他只给我写了一封信，我按照他的要求到餐厅和他见面。”乔说科尔皮是一个三十多岁、瘦小的人。“他说话时，听起来像是外国口音。不管怎样，我明天晚上还会见他。”

“你约好和他见面了吗？”汤姆问道。

“当然，明晚在老地方见。如果我确定蓝宝石是真的，他就会说出交易细节。”

汤姆和艾姆斯都皱了皱眉头。

汤姆说道：“如果宝石是‘真’的，那么大的一块肯定很值钱。”

艾姆斯高声说道：“如果是真的，这真是一个大胆的假设。”

“他知道乔在企业集团工作，因为信送到这里了，”汤姆说道，“我们实验室有这么多设备，他应该不会送一块假宝石。”

“如果可以进行检验和测试的话，就不会是假的。”艾姆斯同意道，“但或许他知道宝石绝不会被测试。”

“他怎么会知道呢？”乔反对道。

“比如说，他刚送给你，宝石就被盗了。”

乔吓得目瞪口呆。“天啊！你是指科尔皮和追踪我的家伙串通了吗？”

“很有可能。”艾姆斯说道，“你们明天再见面时，科尔皮就会因为蓝宝石丢失而起诉你，并威胁你赔偿损失。”

警察点点头。“对，这就是勒索，艾姆斯先生说的千真万确。”他转身对乔说道：“不用担心，明天你在餐厅与他碰面的时候，我们会进行监视。如果他欺骗你，我们一定收拾他！”

汤姆对整件事困惑不已。蓝宝石事件非常蹊跷，他觉得这不仅仅是一个欺诈案。第二天早上，汤姆和他父亲一起开车去公司时，他仍在思考这件事情。

斯威夫特先生照例打开仪表盘上的收音机收听新闻报道。突然，下面的报道吸引了他们的注意力：

“政府宇航中心庞因特·斯巴达袭击案有了骇人听闻的新进展。”播音员播报道，“周二下午，在著名的年轻发明家汤姆·斯威夫特车内发现一本小册子和一套袭击者制服。名为‘征服世界计划’的小册子已移交给调查局和情报局做一步进调查和研究。据悉，小册子包含利用小行星作为军事宇航中心，并最终统治地球的计划。其中多次提及斯威夫特企业集团，这表明作者是汤姆·斯威夫特！”

第十章 小行星计划

听到广播后，汤姆抱怨道："这下我可麻烦了。现在大家都会认为是我策划了庞因特·斯巴达袭击案！"

斯威夫特先生担忧地点头赞同，"最糟糕的是，我们的小行星计划会让我们变得更加可疑。"

"不会的。"跑车在高速公路上疾驰时，汤姆充满希望地说道，"我们还没有对外报道这个计划。"

"不，我们的计划已不再是秘密了。我的那篇文章刚在宇航杂志上发表，《世界周报》科技编辑就进行了大幅报道。他预言斯威夫特企业集团的下一步行动就是建立小行星宇航中心。"汤姆听了神情沮丧。

哈伦·艾姆斯正在办公室等着斯威夫特先生和汤姆。

"我想你已经看到最新的报道了？"看到艾姆斯忧郁的表情，斯威夫特先生问道。

"是的，我已经听说了！我刚和韦斯·诺里斯通过电话。

他说调查局和情报局都没有改变想法，他们确信这是一场阴谋。”

“是谁把小册子的内容发给媒体的？”汤姆问道。

“显然，和将小册子扔到你车里的是同一个人。调查局有一份，情报局也收到一份影印本。这两个机构都不可能泄密，他们知道你不会这么做的。因此，他们更加确信，有人想陷害你，很有可能是袭击案背后真正的策划者。”

艾姆斯在办公室里踱来踱去，“汤姆，我们最好勇敢面对吧。这件事会使公众舆论指责你。新闻媒体不断来电，问我们是否继续小行星计划。”

“你怎么回答他们的？”斯威夫特先生问道。

“我说一定会继续。不管是您的还是汤姆的计划，都不会改变。而且，我要求大家也这样回答每一位打来电话的新闻记者。”

艾姆斯补充道：“或许我回答得有些过早。但在我看来，你们现在不能退缩。如果退缩，会让别人以为我们被小册子闹剧吓到了。你们觉得呢？”

“是的！哈伦，你做得对。”斯威夫特先生转身对汤姆说道，“汤姆，我觉得最好的办法就是忽视这些报道，专注我们的事情。”

“我也这么认为，爸爸！”

几乎整个上午，斯威夫特先生和汤姆都待在天文台，与瓦伦蒂博士一起探讨小星星计划。斯威夫特先生将太空探测器对准一颗小行星。在没有发现彼得罗纽斯前，他一直在观察这颗直径为16千米，地表布满峭壁和山峰的小行星。斯威夫特先生说，这颗小行星需绕地球飞行48万千米后才能靠近太阳。

“爸爸，这颗小行星就像一艘天然的宇宙飞船。”汤姆激动地说道，“它有足够的空间用来建立宇航中心，同时也适宜后续的操作和推进实验。”

“而且也有可能在上面发现矿藏。”瓦伦蒂博士说道，“或许可以提取出火箭燃料。”

“您给这颗小行星命名了吗？”汤姆问爸爸。

“是的，我想过，但是很难选择。刚开始我想，要么命名为巴顿·斯威夫特，以此纪念你的爷爷；要么命名为罗伯特·戈达德，他是A国火箭研究和宇航领域的伟大人物。”斯威夫特先生迟疑地笑了下，“最后恐怕是我的私人感情占了上风，我决定把它命名为巴通尼亚。”

“爸爸，这真是一个好主意！如果斯威夫特祖父没有对您进行早前的科学启蒙，如今也不会有斯威夫特企业集团。”

“当然，官方正式命名还需要一些程序。”斯威夫特先生解释道，“巴通尼亚会得到一个编号，列入《小行星星历表》，并由理论天文学研究所出版。同时，我已将此事报告给位于辛辛那提大学的国际天文学联盟小行星中心。”

汤姆了解到，瓦伦蒂博士已算出巴通尼亚围绕太阳的公转周期是两年八个月。

“爸爸，这次太空航行是个巨大的挑战，我愿意全力以赴！”汤姆大声说道。

“不必了，儿子。我明白你的感受，但是我想亲自去，企业集团需要你。”

“汤姆，你爸爸说的对。”瓦伦蒂博士说道，“对于你这么有天赋的科学家来说，那样离开实验室的时间就太久了。”

“此外，”斯威夫特先生补充道，“你身边一定会有很多志愿者的。”

汤姆咧嘴苦笑道：“我早就知道了！费林岛一大群宇航员缠着我，要求加入这个计划。我甚至接到了来自各大有名的火箭试射场的电话！”

汤姆提议在小行星里面挖掘隧道，作为宇航员们舒适的生活区。

瓦伦蒂博士点头表示赞同道：“这可以保护他们免遭太阳风暴和流星体的侵袭。”

“但是钻探工作真令人头痛。”汤姆皱着眉头说道。

“肯定会的。”斯威夫特先生答道，“巴通尼亚上的重力很小，普通的宇航员在上面只有0.45千克重，轻轻一推就飞进宇宙空间了。”

“这个问题非常棘手。”汤姆补充道，“因为必须根据我的原子地球挖掘机的机械模型进行挖掘，以避免生活空间受到放射性污染。但是我有个解决办法。”

汤姆简单地描述了他的计划。瓦伦蒂博士和斯威夫特先生听后都非常激动。

“儿子，这是个好办法。我觉得应该立即执行，假设巴通尼亚铁含量非常高的话。”

在斯威夫特办公室吃午饭时，他们继续讨论这件事。汤姆建议，由于彼得罗纽斯已经在绕地运转，可以先在上面进行一场短暂飞行，以检验钻探方法。

“这绝对是一个明智的预防措施。”斯威夫特先生点头道，“这会给你一个纠正错误的机会——”

有力的敲门声打断了斯威夫特先生的话。哈伦·艾姆斯大踏步地走进办公室，他两腮的肌肉因为愤怒而不断抽搐。

“这真是火上浇油！”

“哈伦，出什么事了？”斯威夫特先生问道。

“你们没有听到午间新闻播报吗？”他们三个都摇了摇头，“那你们至少听说过国会议员布洛尔吧？”

“他好像是一名激进分子，是吧？”汤姆淡淡地答道，

“他所做的一切似乎就是为了上头条。”

“其他国会议员都称呼他为煽动者！”艾姆斯愤怒地说道，“你说对了。他爱出风头，他正在这么做。他刚刚发表演讲，要求政府介入并叫停小行星计划！”

汤姆、斯威夫特先生和瓦伦蒂博士都非常吃惊。

“他说，鉴于在汤姆的小汽车里发现危险的、宣扬破坏活动的小册子，”艾姆斯继续说道，“像斯威夫特企业集团这样的私人机构是不可信的，也不应该在太空中建立潜在的军事宇航中心！”

“军事宇航中心！”汤姆愤怒地说道，“斯威夫特宇航工作人员已经登陆过月球和内斯特丽亚，我们在上面建立过军事宇航中心吗？”

“别激动，儿子。”斯威夫特先生说道，“生气是没用的。我们知道可能会发生这样的事情。我们的太空记录会说明一切的，而且我相信，大部分国会议员会冷静对待此事，他们不会因为布洛尔偏激的演说就改变主意。”

“但愿你说对了。”艾姆斯答道。

那天晚上，乔准备继续与神秘的弗兰克·科尔皮在船之灯笼餐厅见面。出发前，汤姆送给他一台小型便携无线电发射机。

“这是什么，老板？”乔问道。

“发信号用的。”汤姆解释道，“哈伦，我和多恩警长会在餐厅附近的车内监视。科尔皮出现时，你就按一次；他离开时，你按两次；我们会跟踪他的去向。如果他和偷走蓝宝石的家伙串通一气，多恩警长就会逮捕他们。”

“真希望快点儿把他们送进牢房，然后打碎那个跟踪者的脑袋！”乔愤怒地说道。

“如果你遇到麻烦或发生意外，”汤姆继续说道，“连续按三次。”

“好的，没问题。”

快到九点时，汤姆和他的两个同伴从车内向外观察，只见乔慢慢地走进了船之灯笼餐厅。汤姆打开他的无线电接收器。

几分钟后，他收到连续三次嗡嗡声——这是乔发出的紧急信号！

第十一章 致命的旋转

“快去看看！”收到三次连续的嗡嗡声后艾姆斯大叫道。

艾姆斯、汤姆和多恩警长跳出车并快速冲向餐厅。乔正走出来，手里拿着一个包裹。

“科尔皮在哪儿？”多恩警长问道。

“他没来。”乔答道，“他让餐厅老板给我捎了话儿。我应该很容易被认出来。”

“他说什么了？”汤姆问道。

“科尔皮今晚不来了。他给我留下了这个包裹，说打开这个包裹我就会明白的。哼，我敢打赌这里面是蓝宝石样本！”

乔急忙准备打开包裹，但是汤姆拽住了他。

“乔，等等！不要打开！”

“为什么呢？”

“我们还不知道科尔皮是否可信，在没弄明白之前，最好不要冒险。”

乔紧张地瞪大了眼睛。“你是说这里面可能有炸弹？”

“汤姆说得对！”艾姆斯说道，“我们不知道里面装的是什么。”

乔突然意识到，自己手里可能正拿着一枚炙热的炸弹。汤姆迅速地夺过乔手中的包裹，以防被他扔到地上。从包裹的重量来看，里面很有可能是一枚组装炸弹，但是汤姆并没听到计时引爆装置发出的滴答声。

“快！”多恩警长催促道，“我们最好把它送到总部！我这就给防爆小组打电话！”

“我的实验室更近！”汤姆说道。他意识到，如果包裹里面有爆炸装置，那么很快就会发生爆炸。汤姆说：“我会带到企业集团拆除！”

他们四个冲进没有标志的警车，挤着坐在一起。多恩发动引擎，加大油门，拉响警笛，快速前进。不到十分钟，他们就到了公司。汤姆手捧着包裹冲进实验室，另外三个人紧跟在他身后。

汤姆小心翼翼地把包裹放在工作台上，拿出一把电子钥匙并打开一个储物柜。柜子里面是一套设计奇特、带有头盔的制服，由一种闪闪发光的白色材料制成。汤姆轻轻地把制服拉出来，好像它是纸质模型一般。

“这究竟是什么？”艾姆斯问道。

“这是我一直在研究的新型防弹衣，是由久浮制成的——和我在原子发电机舱使用的材料相同。”汤姆一边说，一边快速地穿上防弹衣。

“我打算将这套衣服用于消防和救灾工作或者是拆弹处理。”他紧张地笑了，“我也希望它能用于航空领域。如果还有时间，这就是另一个计划了。”

汤姆戴上头盔之前，说道：“你们三个快离开这里！不能再冒险了！”

“我们就在你身后！”艾姆斯说道。

“好的，但我拆包裹时请站在门外！”

汤姆手拿包裹，大步地走出实验室。他看起来就像穿着盔甲的未来骑士。他打开地面传送带，和其他人一起站在上面。传送带沿着长廊把他们送到大楼的另一处地方，那里有一个喷气发动机测试室。

测试室由瓷砖和钢建成。汤姆打开电灯后走了进去，其他人则站在石英玻璃窗口外面。

盔甲衣的长手套是由分节吊环制成，非常灵活。汤姆松开细绳，拆开包装纸。

里面是一个金属盒。汤姆谨慎地打开盒盖，扔掉盒子并及时向后跳。就像装在盒子里的弹簧人一般，从里面弹出一个类似草坪喷水车的装置。随着一声尖叫，这个装置突然旋转起

来，向四处喷射出有硫酸气味的液体！

汤姆一直等到致命的旋转停止，然后他走出测试室，打开排风机。

汤姆摘下头盔后，多恩惊呼道："天啊！里面是什么东西?"

"我猜是硫酸。"汤姆表情严酷地说道，"但这只是猜测，那些烟雾可能有毒。"

他们在外面等待排风机散去室内烟雾，多恩警长联系总部。然后他们四人进入测试室，检查那可恶的装置。

"这个装置不太复杂，"汤姆说道，"只是一个简单的技术活儿。"

测试室内的陶瓷墙面被严重侵蚀，留有凹痕。

乔吓得直打哆嗦："天啊！汤姆，如果你没有穿盔甲衣，真不敢想象液体喷在你脸上的情形！"

"乔，如果你当时打开包裹的话，它就喷到你脸上了。"汤姆神情严肃地说道。

"但是科尔皮为什么要这么做呢？"

汤姆耸耸肩。"或许不是他干的，我们调查到底是谁干的吧。"

多恩打电话命令逮捕餐厅老板，并把他送到企业集团接受审讯。不一会儿，两名巡逻警将餐厅老板押送到测试室。

餐厅老板名叫彼得雷利，橄榄色皮肤，身体矮胖而结实。他了解情况后，紧张不安地搓着双手。“相……相信我，”他结结巴巴地说，“如果我发觉里面有危险物品，我肯定不会转交这个包裹的！”

“我们相信你。”汤姆安慰道，“我们就问你几个问题，例如，送包裹的人长什么样子？”

彼得雷利眯着眼睛认真地回想着说：“他个子很高，波浪形的金发，面容粗犷。”

“不，他绝不是科尔皮！”乔叫道。

“肯定不是。”汤姆说道，“十有八九是那晚跟踪你的家伙——和我们打架的那个人。”

“昨晚乔去餐厅的时候，你在那儿吗？”多恩问餐厅老板。彼得雷利紧张地摇摇头，说：“不在，我很早就离开了——大概晚上八点。”

“那么，你没见过乔说的那个人，”艾姆斯说道，“也就是他今晚要见的人。”

彼得雷利又摇摇头，说：“是的，警官。放包裹的人，我猜他的名字是科尔皮。他说一个矮胖的牛仔会过来，让我把包裹给他，并说科尔皮今晚不能赴约。”

多恩警长让乔描述弗兰克·科尔皮的外貌，心想着他可能是餐厅的常客，但是彼得雷利回忆不出符合描述的客人。

艾姆斯皱着眉头看着汤姆说：“这没有多大用处，科尔皮仍有可能是阴谋者中的一员。”

“有可能。”汤姆赞同道，“而且，这个波浪形金发男子可能对科尔皮做过什么，使他今晚不能赴约。关键问题是，硫酸是针对谁的——我还是乔？”

艾姆斯神情紧张而严肃地说道：“汤姆，你说的对。不知怎么的，我预感这是针对你的。昨晚那个家伙可能认出你了。如果是这样，他一定猜测你和乔一样，渴望打听明白科尔皮这个人——这也意味着拆包裹的时候，你很有可能在场。”

公共通信系统突然传来这样的声音：“小汤姆·斯威夫特，请联系机场控制塔！”

汤姆拿起电话，拨通了控制塔。“默夫，什么事？”他问道。“机长，今天汉克·斯特林是否给埃尔多拉多航空公司安装了一些久热飞机起落装置？”“是的，出什么事了？”

“我刚收到航空局给各大站台发送的紧急广播。好像是埃尔多拉多航空公司的一架大型客机在群山中坠毁，大概在娃塔切湖的森林防护区。”

“坠毁？”汤姆紧握着听筒，“有幸存者吗？”

“目前还不确定。他们只收到了飞机的求救信号。但是希望不大，那个地方是围绕湖泊的崎岖山区，而且也没有收到飞行员的无线电通信。”

第十二章 晨间头条新闻

听到控制塔操作员传达的消息，汤姆心里非常担心，难道他的久热飞机紧急降落装置出问题了吗？汤姆意识到自己不该过早下结论，目前他还不确定这架飞机是否安装了这种装置。

“默夫，你知道坠落飞机的具体位置吗？”汤姆紧张地问道。

“不知道，但是我可以从航空局查到。”

“立刻查一下，还有飞机登记信息。我马上去地下飞机库。”

“好的，机长！”

汤姆挂断电话后，将这个坏消息告诉了艾姆斯和其他人。然后，他打电话给汉克·斯特林。可是，汉克无法提供那天上午安装紧急装置的飞机登记号码。“但是我办公室的安装报告里面应该列出了这些信息。”汉克补充道。

“好的，我派人去核查。”汤姆答道。

“机长，接下来怎么办？”

“乘坐‘蓝天女王’，加入搜索行动。”

“我和你一起去！”

实验室里的人们立即分开行动。巡警开车将彼得雷利送回餐厅，多恩警长回到总部。艾姆斯将酸性喷雾装置交给安全部门做进一步核查，以便寻找相关线索。

乔和汤姆来到地下飞机库，“蓝天女王”就停在下面。这架巨大的超音速喷气飞机是汤姆的第一个重要发明。飞机由原子动力驱动，搜索范围遍及世界各个角落，通常被称为“飞行实验室”。

飞机正在机场展开机翼，这时汉克来了。他说控制塔来电，失踪的班机安装了紧急降落装置！

汤姆的心一下子就揪起来了，忙问：“汉克，坠落飞机有新进展吗？”

“还没有，搜救工作很难——特别是在夜晚，那样的地形情况下。”

液压千斤顶抬升地下飞机库，牵引机将巨型飞机拖拽至特定的跑道。最终经迅速检查后，“蓝天女王”便起飞了。

汉克·斯特林坐在副驾驶员位置，乔坐在他们两人后面。流线型的飞机借助喷气流产生的升力，快速冲入天空。到6千米的高空时，汤姆驾驶着“蓝天女王”在航线上平稳疾行。

娃塔切湖的森林防护区位于肖普顿东南部大约643千米处。据报道，整个地区都是阴天，高低不平的林地像翻滚的波浪，这又增加了搜救的困难。听到这个消息后，汤姆·斯威夫特志愿加入搜救行动。航空局交通管制部门给予“蓝天女王”航行优先权，疏散了经过该地区的其他飞机。

汤姆将无线电广播调整至紧急频道，希望能收听到坠落飞机发出的信号。但是扬声器里，只有空中管制部门不断传出的信息。

“你觉得他们的无线电出问题了吗？”乔问道，“或者说，这意味着飞机上无人生还？”

汤姆担忧地耸耸肩。“我不知道，乔，但是我们一定要抱有希望。”

“如果飞机降落到湖面呢？”汉克猜测道，“塑料泡沫坠毁防护套能让飞机漂浮在水面吗？”

“汉克，这很难说。这其中包含很多因素。但是我确定，不能仅仅依靠这个装置。”

他们快到林区时，汤姆降低“蓝天女王”的高度，小心翼翼地穿过灰蒙蒙的天空。没有月光，下面的大地一片漆黑。

汉克打开巨型探照灯，耀眼光芒照亮了更加宽广的区域。山谷就像一片深绿的林海，弯弯曲曲的小溪从中穿过，零星的空地点缀其间。朝西望去，他们能够辨认出娃塔切湖反射的波光。

汤姆通过“蓝天女王”的斥力装置升降机轻轻地掠过山谷，山谷两边是贫瘠的山脊。

“机长，看那儿——两点钟方向！”汉克突然大叫道。

只见北面山脊的斜坡上发出微弱的橘黄色灯光。“飞行实验室”朝着微光飞去。

“是他们！对，就是那架飞机！”乔一边努力向前看，一边大喊道，“他们是安全的！对！”

失踪的飞机除了右翼有些损害，外观几乎完好无损。停在闪亮的白色泡沫坠毁保护垫上。飞机位于一个狭窄而倾斜的高地上，与山脊的最高处相平行。

“一定是坠落后又沿着山脊滑行。”汉克轻声自语道。

“叫它久长滑翔吧。”汤姆开心地咧嘴大笑，他发现蘑菇状的久浮就像飞机的保护性冲浪板。

失踪飞机的前后方都发出了烟火信号。当机组人员正准备点燃第三次烟火发出求救信号时，他们看到了“蓝天女王”。工作人员和大群乘客向前来营救的飞机挥舞着双手。

汤姆将飞行实验室垂直降落在埃尔多拉多飞机后面。汉克通过无线电将这个消息发送给航天局。

不一会儿，机上乘客为汤姆一行人叫好，与他们拥抱，甚至亲吻他们的脸颊。听说是汤姆发明了拯救他们生命的装置，乘客都非常激动。

“你发明的紧急降落装置非常管用！”埃尔多拉多航空公司的机长告诉汤姆，“飞机急剧下降，但是蘑菇状的久浮变形后起到了极大的缓冲作用。我们沿着山脊滑行时，正好落在久浮上面。如果右翼没有触到山腰，飞机几乎会完好无损。当然无线电被撞坏了。”

“大家都还好吗？”汤姆问道。

“是的！只是有些轻微的擦伤和划痕！”一名空姐激动地说道，“斯威夫特先生，你的发明太棒了，应该给您颁发荣誉勋章！”

飞机是在飞往圣路易斯的途中失事的，汤姆主动将机组人员和乘客们送往目的地。

“蓝天女王”回到企业集团时已是凌晨三点。汤姆没有回家，而是决定在实验室附近舒适的小公寓内休息（以前他在实验室工作到很晚时，就经常这么做）。

汤姆非常疲惫，他一觉睡到接近中午。实验室的声音吵醒了他。床边的闹钟显示现在是上午十一点多。

“天啊！我浪费了半天时间！”

他正准备跳出被窝时，实验室的门开了，推进来了一辆餐车，上面放着早餐。推车的人不是乔·温克勒，而是三个满脸笑容的年轻人——桑迪、菲利斯、巴德。

“嗨！进来先敲门行吗？”汤姆大声说道。然后他从床上坐起来，身子靠着枕头。

“好的。敲门，敲门！”桑迪咯咯地笑了。

菲利斯是奈德叔叔的女儿，她也是汤姆最喜欢的约会对象。“不要说这里不欢迎我们，我们可是给你带来了美味的熏肉和鸡蛋呢！”她打趣地说道，“这是我和桑迪一起做的。”

汤姆闻了闻诱人的香味，说道：“嗯！看到这些，我还真有点儿饿了呢……好的，非常欢迎你们。”

“你吃饭的时候看看这个。”巴德拿出一张报纸，“仔细看看这些头条报道！”

汤姆看到用黑色粗体字印刷的标语时有些尴尬。

汤姆·斯威夫特的发明避免了一场空难！

汤姆的大幅照片放在头版位置，另附有埃尔多拉多航空公司飞机停在蘑菇状的紧急降落装置上的照片。图片下面是有关飞机营救和汤姆发明装置的详细报道。

“这是什么意思呢？让我反胃吗？”汤姆咕哝道。

巴德和女生们哄堂大笑。

“你怎么这样呢？”巴德大声说道，“大家视你为英雄，你却生气了！”

“这就是我哥哥！”桑迪说道，“他太太谦虚了！”

“好的，别说了。”汤姆情不自禁地咧嘴大笑。“事实上，我很喜欢这样。只是他们不必这么夸张，仅此而已。”

“夸张？”巴德问道，“你还没有看到呢，兄弟！电视新闻记者已经把这里翻个底朝天，希望采访你！埃尔多拉多航空公司的总裁卡斯韦尔想让你去参加一场大型的新闻发布会！国内的其他航空公司不停给我们打电话，要求立即订购你发明的紧急降落装置！”

汤姆静静地吃着熏肉和鸡蛋，然后说道：“好极了！希望我们能应付这些订单。我不能把时间浪费在那个发布会上，我还得进行小行星计划呢。”

“我们完全支持你不去参加新闻发布会。”桑迪甜甜地说道，“但是去工作……这可不行！”

“别忘了，”菲利斯补充道，“今天是周六，也就是周末，记得吗？所以，我们打算去沙滩。”

“不准反对，”桑迪又说道，“因为都安排好了。”

巴德滑稽地耸耸肩道：“我们能怎么办呢，汤姆？我们无话可说了。”

汤姆轻声笑道：“好的。但是，至少先让我吃完早饭。”

二十分钟后，他们一群人坐着巴德的红色敞篷车前往沙滩。他们刚行驶到距离企业集团1.6千米的高速公路旁，这时汽车仪表盘传来嗡嗡的信号声。桑迪和菲利斯流露出生气的表情，汤姆打开接收器戴上耳机。

“我是汤姆·斯威夫特。”

“公司需要你，机长。请立即到你爸爸的办公室。”

女生们听到消息后非常沮丧。巴德闷闷不乐地转动方向盘，迅速赶往公司。汤姆独自赶往主楼。“爸爸，有什么事吗？”他大步走进办公室问道。

斯威夫特先生正坐在可视电话前。这台电视连接着斯威夫特家的双向电视网络。“政府方面刚打来电话。儿子，他们想让你参加这个计划。政府的空间探测和跟踪系统发现了一个无法识别的飞行器，当然它的设计非常先进。”

屏幕上可以看到来自情报局的约翰·瑟斯顿。

“他们可以跟踪那艘飞船吗？”汤姆向瑟斯顿问道。

“不可以，但是带有贝克·纳恩空间摄影机的设备捕捉到了一个短暂的镜头，图片刚发给我们。”

瑟斯顿举起那张照片。飞行器图像非常小，而且不太清晰。但是电视摄像机将其放大，并进行了一个特写，直至整个图像占满了屏幕。

汤姆辨认出飞行器上的标志后惊讶不已。上面是“一道闪电划过地球”——庞因特·斯巴达宇航中心袭击者的徽章！

第十三章 灼武器摄影师

“爸爸，快看！”汤姆指着那个邪恶的标志，大叫道，“操控飞行器的人一定是宇航中心的袭击者！”

“是的！”可视电话里传来瑟斯顿的声音，“这也是惊动国防部的一个原因，飞行器可能在进行某种敌对行动。”

“是在哪儿发现飞行器的？”汤姆向这位情报局工作人员问道。

“在南美洲上空的某个地方发现的。但是由于接触时间太短，很难计算出它的轨道。我们的雷达也无法锁定它。”

“你是指它被锁定了吗？”

“可能吧。空间跟踪系统还没确定。”

斯威夫特先生仔细查看屏幕上的图片，皱起了眉头。他说道：“从它的机翼来看，这个飞行器既可以当作火箭，也可以变成宇宙飞船。”

汤姆补充道：“从它的排气装置来判断，它的空间推动系统配置有原子能推动的离子发动机。”

“通过它的构造细节，你们能猜到这是哪个国家制造的吗？”瑟斯顿问道。

汤姆和斯威夫特先生都摇了摇头。

“在我看来，”斯威夫特先生答道，“它和国外制造的飞行器都不相同。至少在我们已知的范围内。”

“它的设计远超大多数国家的水平。”汤姆评论道。

屏幕由飞行器图片切换到瑟斯顿。他说道：“我会将图片的复印件发送到企业集团，这样你们可以有更多时间做进一步研究。”

汤姆和斯威夫特先生承诺，一旦发现有关飞行器身份的蛛丝马迹，就立即上报给政府。

汤姆回到巴德他们身边时仍若有所思。四个年轻人再一次出发去沙滩。但是当敞篷车开到公司门口时，停在附近的一辆汽车迅速从高速公路开过来，车上带有电视摄像机。

“汤姆，能采访一下您吗？”一名记者大声喊道。

巴德猛踩油门，准备快速离开电视台采访车。但是，汤姆叫他停车，并耐心地接受了采访。路过的司机放慢了车速，呆呆地看着年轻的发明家和电视摄制组人员，造成了轻微的交通堵塞。

采访摄像终于结束了，他们再次启动红色敞篷车。摄制组人员感激地向他们挥手。“谢谢你，汤姆！”记者大声喊道，“祝小行星计划一切顺利！”

巴德生气地咕哝道：“照这样下去，别说游泳，今天能看见水就非常幸运了！”

“我知道这很讨厌，”汤姆承认道，“但是这也是他们的工作。”他有些尴尬地补充道：“回避采访不是一回事，但是我不想无礼。”

阳光灿烂，四个年轻人换上泳装后在沙滩上互相追逐嬉戏，一直跑到了卡罗帕湖的蓝色水域。随后的一两个小时里，他们在湖中戏水，享受着女孩们准备的午餐，懒洋洋地躺在沙滩上晒太阳，玩得非常尽兴。

突然，巴德抱怨道：“天啦！又来了！”

一名手持照相机的男子从沙滩上向他们走来。他甚至没有征得同意，便举起相机给汤姆拍照。这时巴德猛跳到他身前，夺走了相机。

这名男子气得满脸通红。“别激动，小子。”他咆哮道，“小心我揍你！”他向前猛推了巴德一把。

巴德猛击出一拳，正好打中摄影师的下巴。只见他目光呆滞，立刻倒在沙滩上！

等汤姆跑过来时，已经来不及阻止巴德。汤姆请求道：“看在上帝的份上，巴德，你在想什么？”

两个女孩惊讶地看着他们，沙滩上晒太阳的人们也盯着他们。巴德尴尬地掰着双手，满脸通红道："对不起，汤姆。我……我刚才发脾气了。"

"你发脾气是因为他推了你，这我能理解。但是你为什么要夺走他的相机呢？"

巴德很不舒服地耸了耸肩："机长，或许是我错了。但是那个相机看起来有点儿奇怪。我有些怀疑。特别是最近发生的事情之后，所以我不愿意你出现任何危险。"

他弯腰捡起相机后说道："看看透镜组，你见过这样的吗？"

汤姆皱了皱眉头，仔细地观察着这台照相机。他朝旁边退了几步，斜放着相机，使镜头对准沙滩，加载端指向天空，然后他按下了快门。

突然，相机中迸出一束针状的红色光线——一头射入沙滩，另一头冲向天空！

桑迪和菲利斯被吓得尖声大叫。"天啊！"桑迪大叫道，"这是激光束吗？"

汤姆严肃地点点头，然后弯腰在地上捡起一样东西。红色光束发出的酷热使粒状的沙子熔融成玻璃状的沙团！这个装置温度太高，手不能接触。

"我应该向你道歉，巴德，谢谢你！"汤姆说道，"如

果你没有夺过相机，现在我的脑袋就会被刺穿了。他也会如此——激光束是双向的！”

摄像师慢慢开始恢复知觉。他又瘦又高，穿着针织运动衫和宽松长裤。他生气地站了起来。脚跟还没站稳，就又一次冲向巴德。但是打斗很快就消耗掉了他的体力。当听到发生的事情后，他面色苍白。

“你叫什么名字？”汤姆问道。

“弗……弗……弗恩·沙尔特，”这个人结结巴巴地说道，“听着！相机不是我的！我，我什么都不知道！你想想看，如果我知道两边都会受伤，就不会偷拍你了，不是吗？”

“不用在意我是怎么想的。”汤姆反驳道，“如果相机不是你的，那么是从哪儿来的？”

“雇佣我的人给我的。”

“雇你做什么？”

“偷拍你。他说你总是回避宣传采访，特别是国会议员发表演讲之后，很少有媒体记者拍到你。所以他打算请圈外人偷拍你。”

“你是专业摄像师吗？”巴德问道。

沙尔特不安地耸耸肩说：“不是。偷拍不需要专业人士。他告诉我相机已经加载好了，我需要做的就是对准你。”

“你这个大笨蛋！”巴德大叫道。

“冷静点，巴德。”汤姆又问沙尔特，“我愿意相信你的话，但是你还是要向警察交代此事。”

沙尔特全身发抖而且紧张地直冒汗，但并没有试图逃脱。几个年轻人换上便服，开车将沙尔特送往肖普顿警察总部。调查局的韦斯·诺里斯和哈伦·艾姆斯也来了。沙尔特在警察局长斯莱特办公室接受审讯。

“雇你的人是谁？长什么样儿？”诺里斯审问道。

“他说他叫胡弗尔，在《独家新闻》杂志社工作。”沙尔特说胡弗尔个子很高，颧骨突出，一头波浪形的卷发。

诺里斯立即给《独家新闻》杂志社总编辑打电话。编辑很确定地说他们没有名叫胡弗尔的工作人员，杂志社也没有哪位员工的外貌符合沙尔特的描述。

对此汤姆并不惊讶。“我觉得我们已经见过那个人了。”汤姆对调查局特工说。跟踪乔并将危险的硫酸喷雾装置放在餐厅的，就是这个金发男子。

“嗯！一定是同一个人。”诺里斯赞同道，“汤姆，今天发生的事证明那个硫酸喷雾器是针对你的。”

他转身对着沙尔特说道：“你怎么知道汤姆·斯威夫特今天会去沙滩？”

“胡弗尔打电话告诉我的，他说汤姆·斯威夫特和另外三个小孩在一起。”

汤姆点头道："这说得通。胡弗尔很有可能从公司开始跟踪我。附近有很多车，特别是在门口，所以我们很难发现他。"

沙尔特说第一次见胡弗尔时，是在肖普顿中心公园。

"他什么时候付钱呢？你什么时候把相机和汤姆的照片交给他呢？"艾姆斯生气地问道，"他一定告诉过联系地址。"

"是的，在卡特顿附近。"沙尔特答道，"我们计划在雄鹰保龄球中心见面。"

艾姆斯看了一眼诺里斯，说："这还需要核查吗？很明显，胡弗尔早已知道沙尔特不会出现的。"

"尽管如此，我们最好还是去核查一下。"诺里斯说道，"如果胡弗尔知道那个地方，那么附近的人有可能认识他。"

巴德开车送女孩们回家，汤姆则和其他人一起乘伪装警车赶往卡特顿。随后汤姆下车到保龄球中心打听有关胡弗尔的消息，但是没有找到关于卷发男子的任何线索。

他们从中心出来时，诺里斯突然站住了。"你们等等！"他轻嘘了一下，"我觉得谜团快要揭晓了！"

第十四章　泄密的鼻子

汤姆对诺里斯的反应困惑不已。在街对面，一名男子正准备下车，但是他的长相和胡弗尔完全不同。

“出什么事了，韦斯？”年轻的发明家问道。

“稍后告诉你！”调查局特工冲入了车流。

停车的男子正准备向停车计时器投币。看到诺里斯冲过来，他拔腿便跑。汤姆和艾姆斯听到调查局特工向他们发出命令。陌生男子惊讶地张大了嘴巴，并慢慢地举起双手。

诺里斯对嫌犯进行搜身并押送他到两辆警车旁边。这名男子又矮又瘦，只有几根稀疏的头发。他的歪鼻子和菜花耳使他看起来很像一名职业拳击手。

“他是谁？”艾姆斯问道。

“他叫拉芙林公爵，是一个小混混。”诺里斯答道，“他以前是个轻量级拳击手，后来变成一个惯犯。”

拉芙林听到后非常愤怒道：“你疯了！我什么也没干！”

“胡说八道！”诺里斯嘲笑道，“你因为袭击他人和偷盗汽车两次被判刑，我猜你这次又要蹲牢房了。”

被抓的人上车后，他们便前往肖普顿。在途中，诺里斯通过无线电呼叫总部，要求立即将格兰戴克大学的一名学生带到总部。

汤姆和艾姆斯一直等待着诺里斯给出解释，可是调查局特工坐下后对着他的同伴咧嘴大笑。

“我没有早点儿解释这一切，你们可能很生气。”他说道，“但是我不想让你们空欢喜一场。而且，我也不能告诉媒体，以防惊动我们要搜寻的那个人。你的车停在格兰戴克大学时，碰巧有名学生看到有人打开后备厢，汤姆。”

汤姆吃惊地问道：“你是指把制服和宣传册放进车内的人吗？”

“很有可能。那个学生没怎么注意，他以为车是那个人的。但是你的银色跑车太抢眼了，所以他对这件事记得很清楚。报纸对这件事进行报道时，他给调查局打了电话。”

“拉芙林就是装东西的那个人吗？”

“这还不确定，”诺里斯答道，“听学生的描述很有可能是拉芙林公爵，但他无法从罪犯照片中辨认出拉芙林。”

“为什么呢？”

“拉芙林的面部照片不太清晰。那是他早年的照片，头发比现在多，但是鼻子出卖了他。我们觉得，很少有人长着他那样的歪鼻子，所以我们一直在搜捕他。他很有可能是我们要找的人。”

艾姆斯答道：“现在他在沙尔特和胡弗尔准备见面的地方现身了！”

“是的。”诺里斯冷冷地说道，“这可能是一个巧合，也可能不是。”

说到拉芙林的鼻子，汤姆突然就想起了什么。“天啊，哈伦！”他大叫道，“记得那个信封内装有飞虫的送信人吗？”

“是的，我记得。门卫说他看起来像个拳击手，有个歪鼻子。”

艾姆斯又呼叫门卫立即赶到警察总部。两辆警车刚到肖普顿，那名学生和门卫也到了。

拉芙林公爵被告知有权利请一名律师。刚开始他非常傲慢无礼，但是当学生和门卫认出他后，他立马就没了气势。

“好的，好的！我才不需要什么律师！”拉芙林抱怨道，“你是一个正直的人，汤姆！我会把我知道的全都告诉你。请替我向法官说明情况，在审判的时候能放我一马。这就是我所有的请求。”

汤姆摇了摇头。“对不起，我不能这么做。但是如果你配合调查的话，当局一定会考虑的。”

“好吧，如果能抓到胡弗尔，我再坐一次牢也没关系。”

“胡弗尔？”艾姆斯回应道，“前两次就是他雇佣你的吗？”

“是的。完成任务后他就想除掉我，那个混蛋！”

拉芙林说他与胡弗尔在雄鹰保龄球中心见过面。陌生人付给他二百元，让他将制服和宣传册放进汤姆·斯威夫特的跑车，以此作为对年轻发明家的“恶作剧”。

“当报纸报道此事时，我才恍然大悟，这不是恶作剧。”拉芙林继续说道，“如果告密的话，风险太大。随后胡弗尔又给我打电话，付给我八百元，让我将一封信送到斯威夫特企业集团。”

“你知道信里面装着什么吗？”诺里斯问道。

“我怎能知道呢？信是密封的。”拉芙林很不舒服地扭动着身子，“再说，就是一个信封而已，我想他不会在里面放什么危险的东西。”

“接下来发生了什么？”

“接信时他只给我一半的费用，他承诺送完信后再给我另一半。我们商定好那天晚上在肖普顿郊区某个地方见面交钱。你们猜那个骗子干了什么？”

“不要搞猜谜游戏了！”诺里斯突然插话道，“快说！”

“他想开车撞死我！”

拉芙林害怕丢了性命，于是藏了起来。但是他经常去雄鹰保龄球中心，寻找复仇的机会。

“我真是被害惨了！”拉芙林怨恨地叫道，“我真是自讨苦吃！”

拉芙林被带走后，汤姆和艾姆斯开始商量起来。考虑到弗恩·沙尔特从未有过犯罪记录，在汤姆的请求下他被释放了。

“胡弗尔到底是谁呢？”艾姆斯向调查局特工问道。

诺里斯摇了摇头。“不知道，但是可以肯定的是，他的真实名字不是胡弗尔。我会将他的合成照片通过国际刑警组织发送到全球各地。这样可能会有一些线索，但是我觉得找到的希望不太大。”

“这些有毒的马蝇和那些致命的装置说明他有很多高科技设备。”艾姆斯推测道，“很明显，他和庞因特·斯巴达袭击者有关。”

“他一定和袭击者有关。”诺里斯说道，“他还能从哪儿找到和袭击者一模一样的衣服呢？”

汤姆赞同地点头道：“我想知道弗兰克·科尔皮与整件事有什么关系，他就是联系乔采矿交易的那个人。他要么与袭击者有关，要么也是受害者之一。”诺里斯和艾姆斯都无法解开这个谜团。

第二天早晨，周日各大报纸都整版报道了拉芙林公爵被捕的消息。现在，汤姆·斯威夫特有关庞因特·斯巴达袭击案的嫌疑都被解除了。新专栏对他成功搜救埃尔多拉多失事飞机进行报道。汤姆因此比以前更受欢迎了。

还有很多好消息等着汤姆。周一，斯威夫特先生一脸灿笑地走进汤姆的实验室。他说道："儿子，国会议员布洛尔承认了错误，在国会上。"

"你是说他收回了对我的评论？"

"是的！我们自己的议员马丁要求他全面撤销自己的评论，布洛尔只好遵从。不得不说他的道歉很诚恳。他在国会上说，汤姆·斯威夫特极大地推进了我们的宇航事业，这理应得到A国人民的鼎力支持。"

"哇！太好了！"汤姆从工作台上跳了起来，兴奋地握住爸爸的手，"让我们全力以赴开始小行星计划吧！"

"好的，儿子！"

接下来几天，大家为汤姆的彼得罗纽斯航行进行精心的策划和准备。

彼得罗纽斯非常神秘地绕地球运转，巴德将这个太空访客命名为小行星皮特。

此次航行将为后续的巴通尼亚全方位航行做准备，巴通尼亚体积更大，更接近地球。

斯威夫特先生、汤姆和辛普森博士从一群志愿者中挑出了十名宇航员——他们本身是科学家或机械师，又都是受过培训的宇航员。他们都是未婚的年轻人，且通过了特别测试——以检测他们远离地球，进行长期航行的身体承受力，与其他宇航员的相处能力等。

汤姆和爸爸选定维克·莱恩作为小行星“飞船”的机长。维克·莱恩是一名物理学家和航空工程师，曾参与过斯威夫特家太空站和幻影卫星内斯特丽亚计划。副机长则是和蔼可亲、经验丰富的比尔“卷发”摩根，他在费林岛宇航员中很受欢迎。

在一个清晨，挑战者号从火箭宇航中心成功发射。当它穿过大气层时，汤姆用自己发明的远程采样器检测彼得罗纽斯和巴通尼亚的构成。

随着时间的推移，巴通尼亚正逐渐靠近地球，而且结果显示两颗行星含铁量都比较高。

“太棒了！这意味着我们的磁齿轮一定能顺利运转。”汤姆对巴德说道。

很快，他们就要到达目的地了。大家聚到机组舱前，紧盯着小行星。这个表面崎岖不平的太空访客，现在已变成了地球重力场的俘虏。

“欢迎登陆小行星皮特！”巴德咯咯地笑了。

看到小行星绕轨道飞速旋转，乔坚韧的脸变得苍白，甚至有点儿发绿。

“我们怎么能停在这么奇怪的地方呢？”乔几乎脱口而出道，“这简直就像在骑一匹野马！”

第十五章 红色警报

“别紧张，朋友。”汤姆对乔说道，“我觉得可以向下调低小行星皮特。”

“怎样才能做到呢，老板？”

“用挑战者号的斥力装置就可以做到。”汤姆转动天线，这样一股来自地球的隐形力杆支撑着飞船。他又固定好另一根力杆，并从与小行星旋转相反的方向掠过其表面。然后他计算出了斥力装置的力。

渐渐地，随着急速旋转的岩体在轨道上稍微移动，小行星皮特的速度慢了下来。汤姆还没来得及切断电源，彼得罗纽斯就开始沿着相反方向旋转。

“天啊！反旋转力太强了！”巴德大叫道。

汤姆急忙调整前梁，从反方向掠过小行星。最终旋转结束了。

“干得漂亮，机长！”宇航员们爆发出热烈的掌声。

乔的脸色又恢复到正常的黝黑，说：“现在着陆就安全多了。”

汤姆操控挑战者号使其更加靠近彼得罗纽斯，并在一个岩洞附近着陆。“杰弗斯和波兰斯基留在飞船上。”他命令道，“其他人穿好宇航服准备工作。”

克利·摩根和巴德穿好宇航服后，走出舱门，在岩体突出处定好系泊线。汤姆停下来，向乔简单地介绍了他发明的特种靴子。这种靴子能让人们在小行星上站稳。

“我们在那儿的体重几乎为零，这种靴子可以使我们固定下来。”他说道，“鞋底含有一块电磁铁，鞋跟处有一个开关。走出舱门后，按下开关打开磁铁，这样靴子就与岩体内的铁相吸。”

“太棒了，老板！”乔看了一眼脚上的靴子后问道，“但是，如果不再向前走动，怎样才能脱掉鞋子呢？”

“提起脚跟就行，开关就会弹开并关掉磁铁电流。”汤姆补充道，“当然，铁心会保留一定的磁性，所以走动时会感到靴子粘黏地面。但是这样才好——它可以起到保护作用，使你不至于飞出太空。”

宇航员们三五成群地穿过气闸室向四处张望。呈现在他们眼前的是布满岩石的奇异景观，而一切都笼罩在由灰色、绿色和灰黑色组成的阴暗色调里。这里距离地平线只有大约四百米，眼前的景色有几分怪诞。

“感觉你可以坐在天边，然后把脚垂下来。”乔通过宇航服上的无线电说道。

汤姆笑道：“小心，朋友。你坐下时，宇航服是不提供重力的。”

小行星的一半是阳光普照，另一半则是漆黑一片。在三个小时的运转周期中，只有当彼得罗纽斯转入地球阴影部分，整个行星才会全部进入黑夜。

巴德、维克·莱恩、摩根和其他几名宇航员一起呈扇形散开，探索着陆点附近的地形状况。他们穿着带有磁性的靴子笨拙地前行，小心翼翼地经过那些参差不齐的突出岩体。

突然，汤姆听到维克惊叫了一声：“后退！大家不要过来！”

“出什么事了？”汤姆通过无线电问道。

“我的辐射传感器发疯似的嗡嗡直叫！这片区域的温度一定非常高！”

莱恩急忙走向飞船时，只见宇航服上面的红色警示灯不断闪烁着。汤姆命令所有人员立即返回挑战者号，准备起飞。

“你要全面终止航行吗，机长？”一名机组人员问道。

“不是的，但是我们要圈出辐射性区域，并测量其辐射强度。”

汤姆通过操作系统引导飞船沿着彼得罗纽斯轨道航行，并用辐射探测器检测该区域地形状况。辐射现象似乎仅限于小行星的某一个深坑附近。

汤姆观察仪器读数时，看到了一个环形区域。在边缘的低计数位置，读数迅速上升并指向该区域的中心位置。

“这有多危险？”巴德问道。

“射线达到4000毫西弗就会致人死亡。”汤姆答道，“穿上宇航服后，我们仍能存活，而且也不会吸收那么大的辐射，但这对健康是绝对有害的！”

“你觉得是什么造成了辐射？”

汤姆犹豫了一下，说道：“一开始我猜测是类似太阳耀斑的自然现象造成的，但是往深坑下面看时，我才知道那是放射温度最高的地方。”

巴德透过厚厚的石英玻璃板向外望去。他突然明白了汤姆的意思，吃惊地睁大了眼睛：“天啊！你是说深坑是由——核爆炸形成的？”

“或许不是由此形成的，但至少是由这种方式变大的。”

“请解释一下，机长！”

汤姆刚产生的想法太不可思议了，他自己都禁不住打了一个哆嗦。“你还记得吗？彼得罗纽斯受某种力量推动后偏离了正常轨道。”他慢慢地说道，“它离地球越来越近，直到被地球重力场捕获。”

“你的意思是，它是有意被移动的吗？”克利·摩根兴奋地说道，“例如氢弹爆炸或类似活动吗？”

“为什么不可以呢？像彼得罗纽斯这么小的天体，这完全是有可能的。几次爆炸就足以产生移动小行星所需的百万吨级能量，也可以在下面挖洞装载电荷，或者第一次在表面进行爆炸，留下的弹坑可以用作后续爆炸的天然推力仓。”

飞行舱的其他人惊讶地看着汤姆，他认真思考后说道：“如果不止有一次爆炸，就解释了为何彼得罗纽斯的运行轨道在接近地球之前已经发生偏离。”

“但是，机长，”莱恩说道，“这是谁干的呢？上面一个人也没有！”

汤姆皱起了眉头，点头道：“我知道。这是个谜……除非这些宇航员暂时放弃了小行星，直到放射性物质冷却。”

“这些宇航员是从哪儿来的？”摩根问道。

汤姆不安地耸耸肩。“可能是来自地球的外国宇航员，也可能是来自太阳系的其他入侵者。”

“但是你的太空朋友说是‘来自地球的力量’！”巴德叫道。他和汤姆对视着，两人立即想到邪恶的庞因特·斯巴达袭击者。

“他们的爆炸行动一定会发出火光，不是吗？”乔说道，

“人们怎么可能看不见他们呢？”

“瓦伦蒂博士只在夜晚观测，并不是二十四小时都在观察。其他人也不太可能发现它们。每次爆炸就像一小束闪烁的火焰。”

汤姆和同伴们静静地思索着这个谜团。

“我们现在该怎么办呢，机长？”巴德问道。此时汤姆正将挑战者号调整到一个新的着陆点。

“发热区域当然是不能进入的。但是，我们还是可以继续钻探实验。”

飞船再次停泊，他们将汤姆发明的原子地球抛到一个合适的钻探地点，搭建发射平台，并用爆炸螺栓将其固定在岩石上。然后将平台上鱼雷状的挖掘机向下放置。

彼得罗纽斯短暂的夜晚终于降临，汤姆叫停了所有的工作。宇航员们回到挑战者号吃饭并短暂休息。乔制作丰盛的晚餐时，汤姆向大家解释着钻探操作。

“大家知道，小行星上的引力很小，这样挖掘机很容易弹出钻探口，不能快速地炸开岩石。所以我用磁铁夹将它固定在竖井壁上。”

“这样的话，挖掘机如何移动并持续钻探呢？”一名机组人员问道。

“它利用脉冲运作。”汤姆答道，“只有在磨碎岩石的时候，电流才会通过电磁铁。当磨碎的岩石从井内涌出时，电流就会关闭。而喷射反应促使挖掘机向前撞击坚硬的岩石，其产生的压力可再次接通磁铁。”

光照恢复，他们继续钻探工作。汤姆接通了远程控制台电源。挖掘机随着钻机下降至地底，只见装置的排气端冲出一股岩尘和一些带有沙砾的金属矿石。

几乎失重的微粒喷入太空。有些回落到小行星上，但是大部分碎片形成不断运转的尘埃云，遮挡住了阳光。

“彼得罗纽斯烟雾！”克利·摩根大声叫道。宇航服无线电系统里传出他的笑声。

挖掘机快速地进入钻探孔内。一小时后，钻探深度已经达到几百米。突然，喷出的岩尘不断减少，并最终停止。

“出什么问题了，老板？”乔问道，“挖掘机不能转了吗？”

“不知道。”汤姆非常迷茫，他在控制台前仔细地研究着那些仪器。汤姆道：“电路读数正常。或许挖掘机碰到了很难粉碎的岩石，我们最好去查看一下。”

挖掘机慢慢地拉出了钻井。大部分人员仍留在各自的岗位上，汤姆则驾驶着挑战者号向上空飞去，这样就可以将用来放大取样机发射的微波束对准钻孔。光束经反射后会带回井底物质的微粒。

“告诉我们情况有多糟吧，机长。”巴德通过无线电说道，“我们在井底碰到什么了？”

汤姆传回的声音有些颤抖：“天啊！简直太难以置信了！等会儿你们亲眼看看这些样本吧！”

第十六章 厄运从天而降

宇航员们焦急地等待挑战者号着陆。很快，汤姆穿着带有头盔的宇航服出现在大家面前，他手中拿着一样东西。

机组人员围在汤姆身旁，只见他手中放着一些细小的、闪闪发光的蓝色颗粒。在放大取样机微波束的射击下，这些微粒从钻井内排出地表。

“这究竟是什么东西？”巴德问道。

“纯蓝宝石晶体！”汤姆回答道。

“蓝宝石！”乔吃惊地睁大了眼睛，“难道它和科尔皮想开采的矿石是一样的？”

“是的！但我们还没有探测出大块的类似物质。如果我没猜错的话，整个井底都是蓝宝石！”

维克·莱恩气喘吁吁地说道：“天啊，机长！从未发现过这么大的蓝宝石！”

“是的。所以我说发现了令人难以置信的东西。确定结果前，让我们再钻一口竖井吧。”

地球挖掘机被移到另一个钻探点。机器不断地钻着小行星的岩体，当达到与上次几乎相同的深度时，机器不再运转。

这次，整个机组人员和汤姆一起登上挑战者号并向上飞去。汤姆再次将放大取样机瞄准钻孔，然后启动了机器。

看到读数盘上的化学分析后，汤姆两眼放光。上面显示：氧化铝混和钛合铁！

“下面确实是蓝宝石！”从放大样本机的回收槽内，他挖出了更多闪闪发光的蓝色晶体。

“我的天啊！”年轻的鲍勃·杰弗斯喊道，“这条矿脉里有多少蓝宝石呢？”

“不仅仅是一条矿脉，鲍勃。”汤姆答道，“我预感彼得罗纽斯的内核都是坚硬的蓝宝石！”

宇航员们都惊呆了。

“我的天啊。”乔声音嘶哑地说道，“我们一定是站在了太阳系最有价值的一片沙漠上！”

为了验证他的想法，汤姆驾驶挑战者号来到放射区。在那儿，他再次探测，并用放大取样机的激光束穿透地表岩层。回收槽里又出现了蓝宝石晶体！

“我的预感是正确的！”汤姆说道，“彼得罗纽斯一定是一颗包裹在岩体内的巨型蓝宝石！”

巴德惊讶地吹起了口哨。“你觉得这能值多少钱，汤姆？”

“这些蓝宝石吗？”汤姆无助地耸耸肩，“这是无价的，我不知道怎样才能算出它的总价值。”

“估计超过整个市场的蓝宝石总价值！”维克·莱恩开玩笑道。

汤姆大笑着表示同意：“或许吧。即使是用作工业蓝宝石生产地，彼得罗纽斯也价值数千万元。因此，对于此事，我们可以保持冷静，凿下足够大的宝石，我们就可以大赚一笔了！”

“在水牛背上狂吼吧！我们还在等什么？”乔大喊道，“让我们抓住机会，开始挖矿吧！”

“不行，老前辈。这没那么简单。”

“为什么呢，老板？”

“蓝宝石是最硬的物质之一，所以常用于精密轴承。你已经看到，挖掘机都无法穿透它。把它挖出来很不容易——至少我们现在的设备是不行的。”

乔惊得张口结舌。其他宇航员看着汤姆，空气中充满紧张而渴望的气氛。

“哎呀！你这个人啊！我们不能就这样离开，让史上最大的宝石在空中漫游！”一名机组人员突然说道，“你不能想想办法吗，机长？”

汤姆双手托着下巴说：“可能有办法，但还是得先返回地球，然后再做打算。”

汤姆迅速联系费林岛。他用代码扰频器保证通信安全后，请求和斯威特夫先生、哈伦通话。收到彼得罗纽斯的消息后，两人大吃一惊。

“天哪！”艾姆斯惊叫道，“科尔皮展示给乔的蓝宝石难道也来自这颗小行星？”

“我也想知道这一点，哈伦。我们已经知道胡弗尔和庞因特·斯巴达袭击者有关系，我打赌科尔皮也和他们有关。”

“如果你猜对了，”斯威夫特先生说道，“这些袭击者一定通过核爆炸移动了彼得罗纽斯运转轨道，使其更接近地球。那艘带有徽章的宇宙飞船表明他们有非常先进的航天技术。”

“是的，爸爸！而且我们一直忽略了一点。”

“忽略了什么，儿子？”

“我们在燃烧弹舱发现的信息‘期待很快再见面’！如果科尔皮是袭击者，他可能就是向‘旋转小鸭’扔燃烧弹的那个人。”

“你的推测有道理，汤姆。”艾姆斯赞同道，“科尔皮虽然写信给乔，但是他想让乔将蓝宝石展示给你看。他猜测乔第二次见面时会带着你。”

“是的，哈伦。但是胡弗尔一定打探到了科尔皮的计划，并想进行破坏。”

汤姆发出结束信号后，将地球挖掘机和钻机装入挑战者号。随后这艘银色的巨型宇宙飞船开始返回费林岛。

关于开采蓝宝石，汤姆想到一个非常大胆的计划。现在，他坐在控制台前驾驶飞船进入地球大气层，脑海中不断浮现这个想法。

巴德注意到汤姆皱着眉头，也明白了其中的含义。巴德说：“你的计算机大脑正在想什么呢，天才？你已经想到怎样进行有史以来最大的珠宝抢劫行动吗？”

“或许吧，巴德。但是我不确定。我刚想出来的办法太疯狂了，甚至是不切实际。”

尽管他心中存在疑虑，汤姆仍急切地想探讨这个计划。所以，他再次通过无线电和爸爸通话。这次他要求瓦伦蒂博士也来接听电话。

宇航员瓦伦蒂博士接入后，斯威夫特先生说道：“好的，儿子，说说你的计划吧。”

“你们先握好听筒。”汤姆提醒道，“这个想法可能太疯狂了。我建议将整个小行星载入地球，然后让它降落在一个安全的地方，例如，停在西部广袤的沙漠中。”

“载入一颗小行星？”瓦伦蒂博士惊呼道，“汤姆，这个想法太不可思议了，我不敢相信你是认真的！”

“我提醒过，这个想法可能很疯狂。”

“不仅很疯狂，还非常危险！”瓦伦蒂博士大喊道，“想想产生的冲击力！这相当于多次地震或一次浓缩氢弹袭击产生的冲击力！”

“如果小行星径直撞向地球，冲击力一定会这么大。”汤姆说道，“甚至比通古斯利大爆炸或陨石坠落还要糟糕。但是，如果能引导彼得罗纽斯进行安全、可控的着陆，那么其表层的岩体会被烧掉，只剩下一个纯蓝宝石球体！”

斯威夫特先生和瓦伦蒂博士都非常吃惊。

“但这仅仅是从理论上讲，汤姆。”瓦伦蒂博士反对道，“你怎么能操纵这样的天体呢？”

“我相信是可以的。”汤姆平静地说道，“我同意你的看法，彼得罗纽斯比宇宙飞船大。但是，我们面临的都是再进入和着陆的问题。我已经证实过，在‘萤火虫’这个小范围内，这些问题是可以解决的。”

斯威夫特先生对这个计划很感兴趣，瓦伦蒂博士也为汤姆大胆的想法而兴奋。但是他们都觉得这样做风险极大。

“这个计划能否成功，恐怕很大程度上取决于操作的精准性，儿子。我们仔细研究后再做下一步打算。我和瓦伦蒂博士进一步计算数据后，你再决定下一步。”

“好的，爸爸！”

直到深夜，挑战者号才成功地降落在费林岛。汤姆决定就在火箭宇航中心休息。

第二天早上，他和巴德飞回企业集团。斯威夫特办公室里，斯威夫特先生踱来踱去，瓦伦蒂博士和哈伦·艾姆斯坐在小会议室办公桌旁，看起来一脸严肃。

“出什么事了？”汤姆问道。

“快坐，孩子们。”斯威夫特先生冷静地说道，“我们得到一些骇人听闻的消息。昨晚我和瓦伦蒂博士通过航天探测器进行一些观测，并将得到的数据输入电脑。结果表明彼得罗纽斯的轨道能量正在衰减！在近地点或最低点位置，小行星已经触碰到地球大气层！”

“什么！”汤姆惊讶地从椅子上跳了起来，“那样的话，它肯定会撞到地球！怎么能出现这样的事情呢，爸爸？我还以为彼得罗纽斯运转得非常稳定！”

“我们之前都这样想的，但是我们错了。其中的原因还不清楚，但是我们几乎可以确定，范·艾仑辐射带和地球磁场在小行星的外壳诱发了大量的涡流。这些电流一定导致了轨道能量的不断丢失。”

“这还不是最糟糕的，汤姆。”瓦伦蒂博士说道，“我昨晚强调的危险就要来临了。彼得罗纽斯将撞击地球，并造成巨大的冲击力！”

“你们计算出撞击地点了吗？”

斯威夫特先生点了点头。“是的。根据我们的计算，小行星将撞向水牛城附近某个地方，这将对A国大部分地区和I国造成毁灭性的冲击！”

“事实上，”艾姆斯补充道，“我们正面临一场小行星爆炸袭击。这可能是庞因特·斯巴达袭击者们一直计划的事情！这也说明了他们为什么要使用‘一道闪电划过地球’这样的徽章。”

听完这个消息，汤姆非常震惊。斯威夫特先生说道：“儿子，我们好像别无选择了。我们不得不尝试你的计划！你觉得自己能让小行星安全着陆吗？”

第十七章 开往巴通尼亚

汤姆抑制住内心的焦虑，他意识到他的努力可能会拯救无数的生命。汤姆说：“是的，我仍认为可以引导小行星着陆，爸爸。但是我不能立即告诉你确切的答案。”

汤姆皱着眉头，在会议桌旁走来走去。“这并不难，我们需要用多种方法来完成它。”他沉思道，“久热飞机技术会帮我们解决问题。”

斯威夫特先生看起来有些困惑，说：“像彼得罗纽斯这么大的天体，你肯定不能使用太大的气动升力。”

“不能再用以前的机翼了。”汤姆同意道，“但是遮阳伞状的三角翼至少有一定的控制力。久热飞机减速伞结合制动火箭，也可以部分减缓降落速度。”

汤姆坐下来，抓起了铅笔和白纸，说：“爸爸，看！我们必须把操作时间精确到秒，这个我们能做到。减速伞和火箭会起到减速制动的作用，但这只是暂时的。现在，如果我们建立强大的斥力装置，在它再次加速之前我们就可以用斥力装置射线控制小行星。”

“嘿！”巴德大叫道，“为什么现在不使用斥力装置，让彼得罗纽斯沿着轨道稳定运转呢？”

汤姆摇了摇头。“考虑到爸爸和瓦伦蒂博士以前说过的范·艾仑辐射带的影响，恐怕已经来不及了。”

“为什么呢？”

“首先，想想我们需要耗费多少氢弹爆炸才能产生百万吨能量。为了达到相应的效果，在很长一段时间内，我们必须用斥力装置持续不断地注入能量。”

“那就持续注入能量！”巴德说道。

“没有用的。这就像往筛子里面注水。彼得罗纽斯运转周期是三个小时。但是现在，它的运转周期比下沉的周期还要短，大部分时间它穿过范·艾仑辐射带。这样我们注入的能量，会很快被运转能量耗尽。是吧，爸爸？”

斯威夫特先生点头道：“如果我们没有计算错误，那么结果是很不乐观的。”

巴德挠着头说道：“那么，我们用氢弹怎么样？”

“就彼得罗纽斯目前的高度来看，这样风险太大了。”斯威夫特先生答道，“我们无法预测放射性尘降物造成的影响。”

“接着说，天才，”巴德转向汤姆，“接着说那个计划吧。”

“好的，只要我们在大气层中对小行星进行制动，斥力装置射线就可以减缓它的下降速度，进而降低危险。”

“即使这样，它在着陆的时候仍会带来巨大的地震冲击力。”瓦伦蒂博士提醒道。

“是的。”汤姆继续说道，“但是，我们可以在久热飞机紧急降落装置上设置一个开关。我是说，我们可以在地球的着陆点上放置一个保护物，而不是将防撞保护层套在小行星上。”

瓦伦蒂博士和斯威夫特先生急切地凑过来问道：“你的意思是？”

汤姆用铅笔画出一幅草图：“我们事先在小行星着陆的具体地点放置一大堆久浮泡沫。当然，彼得罗纽斯进入大气层的时候，大部分岩层会脱落。当蓝宝石核向下撞击时，山一样的泡沫就会破碎和融化。冲击能量会转化成热能，并在沙漠的大片区域中安全扩散。”

斯威夫特先生和瓦伦蒂博士对汤姆的计划表示赞同。

“儿子，这给延缓灾难带来了真正的希望！”

“没有理由不进行这个计划，”瓦伦蒂博士插话道，“只要我们的计算足够精确就好。”

“国防部目前知道这个危险吗，爸爸？”汤姆问道。

“是的，今天早上我们已经通知了政府方面，但我们最好再打电话说明你的计划。”

“距离彼得罗纽斯撞击地球还有多长时间？”

“我们估计还有十天。”斯威夫特先生答道。

汤姆担忧地说道：“那我们最好快速行动起来！”

汤姆急忙前往办公室，开始疯狂地工作。他认为小行星着陆时需要四个超级斥力装置。这些和久浮山不会造成技术上的难题。“汉克·斯特林和亚弗可以解决。”汤姆心想着。他把两个人叫到办公室，解释了具体要求。

“24小时轮班的话，我们一个星期左右就可以准备好斥力装置。”汉克承诺道，“会在什么地方着陆呢？”

“A湖沙漠地区。”

汉克·斯特林和亚弗离开后，汤姆开始琢磨小行星运行需要的久热飞机设备和电子齿轮。他整整工作了一天，只匆忙地吃了一口午饭。汤姆离开绘图板去睡觉的时候，已经是午夜了。

到下周一时，所有事项都已做好规划并开始建设。

“爸爸，接下来几天我也没什么事情可忙了。”汤姆在办公室里焦躁不安地走来走去说，“我飞往‘巴通尼亚’并将宇航员们带上去怎么样？供给物品已经准备好了，机组人员也在这里。”

斯威夫特先生同意了。得知要驶往巴通尼亚，费林岛沉浸在一片兴奋之中。起飞时间定在周三上午六点。

周二晚上，乔在火箭宇航中心举办了一个盛大的烧烤会。桑迪和菲利斯，还有宇航员们的好朋友和亲戚都过来了。尽管晚餐和舞会非常热闹，但是每个人心里都明白，这些宇航员将离开地球三年。

客人离开后，汤姆私下对这些宇航员说道：“如果有人改变主意，想退出这次航行，现在说出来还来得及。”

汤姆停顿了一下，看着每个人，没有人说话。渐渐地，宇航员们咧嘴大笑，打破了长时间的沉默。

“我们现在退出就是傻瓜，机长。”克利·摩根说道，“想想三年后我们将得到的回报吧！”

突然大家都大笑起来。另一名机组人员补充道：“别忘了分给我们蓝宝石，机长！”

“你们会有的，”汤姆承诺道，“只要我们能安全登陆彼得罗纽斯。”机组人员爆发出一片欢呼声。

第二天早上，挑战者号起飞了。三个满载供给品的太空舱在前一天已经发射进入轨道。汤姆的太空飞船载着这些物品，急速驶往遥远的小行星。

飞船持续以1G的速率加速飞行。到达航行中间点前，挑战者号以令人眼花缭乱，似彗星划过般的速度穿过太空。接下来，它开始平稳地减速运行。

午后，飞船抵达“巴通尼亚”。尽管它只有16千米宽，但与小巧的彼得罗纽斯比起来，新行星巴通尼亚显得非常大。这里的悬崖峭壁和山脉更加陡峭。随处可见的岩层布满锈红色、土黄色和钢青色的条纹。它们在阳光照射下闪闪发光，与黑夜中星罗棋布的太空形成鲜明的对比。然而，宇航员们清楚地知道，他们的新家是一个没有空气、毫无生机的世界。

“这个地方看起来真的很贫瘠！”名叫乔伊·芬纳的宇航员说道。

维克·莱恩拍拍他的后背鼓励道：“振作起来！我们很快就会搭建一个舒适的小窝。如果你喜欢的话，我们甚至可以挂上印花窗帘！”

巴通尼亚正绕着轴心缓慢地运转。但是汤姆告诉乔，他不打算干预巴通尼亚的运转。“穿着磁铁靴站在上面时，你几乎感觉不到它在移动。”他解释道，“一旦从内部挖出一个生活空间，小行星的自转就会提供人造重力。”

乔困惑地眯起了眼睛。“为什么呢，汤姆？”

“这就像在一根线的末端系上重物，重量常常向外飞。”

“是的，这样才能拉紧绳子。”

“这和在内部建立一个生活区是一样的道理。人们会感受到一种向外的拉伸力，所以这与地球上的洞穴是相反的。在地球上，受重力的影响，你总是被拽向地球的中心。可是在这里，你总是被外力所牵引，所以行走的时候，你的头部是指向小行星中心的。”

“天呀，这听起来太不合常理了！”

汤姆选中一处向前延伸的山谷，挑战者号拖着供给品太空舱，缓慢地滑行准备降落。所有飞行器都安全停靠后，乔准备了丰盛的菜肴，随后便开始卸载物品。在隧道挖掘工作完成之前，空着的太空舱将是宇航员们的小屋。

同时，维克·莱恩引导的侦察组在山谷的岩墙处发现一个浅洞。他建议汤姆从这个地方开始挖掘。

“好主意，维克。这会减少一些挖掘工作，我们只需要在洞里挖出一条隧道就行了。”

挖掘机被移到洞内并向下倾斜放置。汤姆设置好转向控制器后，接通了电源。挖掘机向下挖掘后，从洞内喷涌出大量的碎石末。

几分钟后，碎石末停止向外喷射。汤姆按了按控制按钮，但是没有任何反应。

“别告诉我这次又遇到蓝宝石了！”巴德通过无线电开玩

笑道。

“这次不是。”汤姆焦急地回答道，“现在连挖掘机都抽不回来了。”

“站在那儿别动，机长。我去看看出什么问题了。”巴德拿起手电筒，大步走进洞穴后钻入了隧道。他说道：“看不到挖掘机，前面一片漆黑。等一下，隧道似乎……”

他突然惊叫了一声！

“巴德！出什么事了？”汤姆喊道。

可是巴德没有回答！

第十八章 地下冰库

汤姆又喊了一声，但是巴德仍然没有回答。宇航员们紧张地看着汤姆。

“我下去看看出什么事情了。”汤姆通过无线电冷静地说道。

“你不用下去，机长，你待在这儿，”维克·莱恩催促道，“我下去。”

他正准备进入洞穴，但汤姆立即打断了他：“维克，最好让我来处理吧，谢谢你。如果巴德遇到麻烦了，他肯定希望我在他身边。”

“好的，汤姆，完全理解。”莱恩将手电筒递给了汤姆。

汤姆进入洞穴后，弯腰向隧道深处走去。隧道的地势微微向下倾斜，接着又变得平坦。汤姆借着手电筒光摸索着向前，他的身后一片漆黑。

“巴德！巴德！你能看见我吗？”

仍然没有应答。汤姆努力控制他对朋友巴德的担忧。巴德出什么事了?

“隧道马上就要到尽头了。”汤姆心想着，“挖掘机不可能挖到比这里还远的地方——”

他突然停下来，大口喘气。隧道确实在前面几步远的地方停止了！前面是一片空洞。“我们一定是碰到地下洞穴了！”汤姆猜想。

他小心翼翼地靠近洞穴的边缘，用手电筒向下照去。从他站的地方来看，这个大坑至少有6米深。但是，下面既没有巴德，也没有挖掘机！

汤姆突然意识到自己的错误。“天啊！我忘记了‘巴通尼亚’的运转方式。离心力一定将他们抛到上方了！”

他将手电筒照向洞穴的顶部。果然，巴德和挖掘机都在那儿！

看到这种奇怪的现象后，汤姆不禁咯咯笑了。但是对巴德的担忧立即使他止住了笑声，他心想：“希望他没有被摇晃得太厉害！”

汤姆的磁铁靴紧贴在含铁的岩石上，所以他走出隧道后，迅速爬到洞顶。巴德已经被晃晕了。汤姆轻轻地摇晃他几下后，巴德睁开了眼睛。

“嗨，你来这里干什么，机长？”

"来看你，飞天小子。你好像不小心摔倒了。"

"你说得对。"巴德摇摇头，努力回想发生的事情。他向四周张望，想知道自己现在何处。"现在我记起来了，我向上摔了一跤！"

巴德解释道，当走到隧道尽头的时候，他趴在地面，用手电筒照向洞穴的边缘。巴德说："那是个大错误。只要我的靴子离开岩层，离心力就会把我甩到洞顶或者说是地面？"

"接受你的选择吧。"汤姆讪笑道，"在巴通尼亚里面，上就是下。挖掘机一定也出现了同样的问题，像你一样，它进入洞穴后就弹到'上面'去了。"

"这里是真正的上下颠倒状态！"

两个男孩用手电筒扫视着这个巨大的地下空洞。汤姆估测这个地方大概有60米长，至少9米高。突然，大量透明晶体引起了汤姆的注意，它们成条纹状，布满了岩墙。

"这是什么？"巴德问道，"石英吗？"

汤姆皱起了眉头。"我觉得不是。"汤姆取下绑在宇航服上的小号镐，用它凿取了一些晶体。仔细研究这些晶体样本后，汤姆非常激动地喊道："快点，巴德！我们去上面吧！"

男孩们急忙穿过隧道和挖掘地点，来到耀眼的阳光下。等待的机组人员通过无线电听到他们的对话，看见他们回来后便聚拢过去问问究竟。

汤姆看着晶体样本太过入神，没有回答他们。样本开始气化并释放出蒸汽。其表面形成一层水汽。

“这是什么？”克利·摩根问道。

汤姆咧嘴大笑道：“你难道没看出来这是冰吗？”

“冰？”巴德重复道，“天啊！那个地下洞穴布满了冰！”

“让我们返回挑战者号后再确认。”汤姆提议道。

所有的工作人员和男孩们一起返回了飞船。汤姆对晶体进行快速化学分析，得出的结果证实了他的判断。

“这是个巨大的突破！”他对宇航员们大喊道，“我敢打赌，下面的淡水可以满足这次航行的用水需求！我们甚至不用再开挖隧道了。那个洞穴面积很大，生活区和工作区都可以设置在里面！”

他们立即行动起来，将巨大的地下洞穴变成宇航员们永久的家。汤姆的太阳能电池板为电灯和机器提供电力。隧道尽头安装组合式锁风通行道后，很多箱压缩空气进入洞穴，形成可供人呼吸的空气。

“家，温暖的家！”乔伊·芬纳摘下宇航服上的头盔后大喊道，“快挂上印花窗帘吧，维克！”

随后，汤姆和其他人在挑战者号上吃饭，斯威夫特先生从地球上发来紧急通知。

“汤姆，你最好立即返回地球！彼得罗纽斯擦过大气层时，发出非常耀眼的光芒。人们开始变得恐慌。”

“政府方面向公众解释此事了吗？”汤姆问道。

“是的，他们必须在外国天文学家发布消息前发表完整的声明，以减缓公众恐慌。还有四十八小时的时间，但是我认为，如果你能亲自负责准备工作，人们会安心很多。数以百万的人们知道，他们的生命取决于你的计划。”

“好的，爸爸。我们处理完一些细节问题后就立即起飞。”

一个多小时后，汤姆、巴德、乔和机组成员向宇航员们挥手道别，并许诺很快就会回来。挑战者号急速飞离巴通尼亚，沿着赫曼转移轨道驶向地球。

汤姆并没有在费林岛火箭宇航中心降落，而是将飞船停在A湖沙漠，靠近彼得罗纽斯着陆的地方。眼前是一派紧张工作的景象。

两架设计奇特的直升机在空中盘旋，不停地喷出久浮带，看起来就像从牙膏管里挤牙膏。汤姆告诉乔，这些将用来建一座巨型的平顶状白色泡沫山。在《汤姆·斯威夫特和斥力空中公路》这本书中提及过，年轻的发明家用类似的飞行器，在丛林上空铺设了一条空中道路。

“干得漂亮，亚弗！”汤姆对他的助手说道，“看起来你快要完工了。”

“还需要几个小时，机长。”

汉克·斯特林正在监督四个强斥力装置的最后安装工作。这四根柱子将放入坚固的混凝土塔柱内，泡沫山的四角各放置一根。

在几百码开外平坦的灰色沙漠下面，正在建设一座地下控制室。控制室的双层墙由钢筋混凝土制成，中间由石棉和托马塞特隔离开。

巴德、乔陪同汤姆检验控制室。

“为什么不直接把小行星皮特送入大海呢，头儿？”乔问道。

“恐怕那样也好不到哪里去。”汤姆说道，“溅落大海会引起可怕的海啸，造成的毁灭性影响很有可能和氢弹爆炸相当。”

第二天，汤姆检查所有的电子仪器和久热飞机设备。久热飞机放入两个大的锥形鼓后，停靠在挑战者号上。

隔日清晨，气氛非常紧张。夜幕降临时，西边的天空将出现神奇而激动人心的场面。当彼得罗纽斯撞向地球的时候，汤姆的计划能阻止这场可怕的灾难吗？

在肖普顿的天文台上，斯威夫特先生和瓦伦蒂博士一直对小行星进行观测，现在它每次运行时都向地球大气层下沉。汤姆和机组人员一起匆忙地吃过早饭，随后通过无线电和爸爸通话。

“有新进展吗，爸爸？”

“没有重大进展。”斯威夫特先生答道，“我们打算设置彼得罗纽斯的运转轨道，并将细微的调整输入电脑。日落后它就要降落了。”

“好的，我要起飞去安装久热飞机设备，代我向妈妈和桑迪问好。”

“我会的，儿子。祝你好运，我们都为你加油。”

挑战者号迅速升入高空。汤姆沿着不停旋转的小行星轨道旋转，然后缓慢着陆。

他在小行星上的岩体层挖出了两个孔：一个是彼得罗纽斯的末端，另一个则在背对地球的那一端。然后将久热飞机鼓放入两个孔，并牢牢地系在蓝宝石核心上。最后，在小行星的前部钻出一个助力仓并填满火箭燃料。

落日染红了天空，汤姆的飞船再次降落在A湖沙漠上。汤姆急忙对所有设备做最后的检查，然后和机组人员一起进入了控制室。

所有人的目光都聚焦在一个巨型监视屏上。上面显示的是从肖普顿空间探测器传输过来的彼得罗纽斯图像。在最后的运转轨道上，小行星逐渐靠近地球大气层，发出耀眼的光芒。

突然，控制台上的一盏红灯开始闪烁。“最后五分钟警报！”汤姆喃喃地说道。指针滴答着开始倒计时。

汤姆将手放在引爆按钮时，他的心怦怦直跳。他的计划会成功吗?

第十九章 喷火降落

倒计时为零的时候发出了一阵嗡嗡声。汤姆用手按动了引爆按钮。

在巨大的照相机监视屏上，人们看到疾驰的小行星前末端迸射出一团巨大的火焰。

“制动火箭启动了！”巴德大喊道。

彼得罗纽斯的末端喷射出很多白色飘带状物质。它们呈圆形排列，犹如一朵巨型空中花朵的细长花瓣。

“那些究竟是什么？”乔喘着气说道。

“它们形成阻力伞，”汤姆告诉他，“用来帮助火箭弹减缓小行星的降落速度。”

“我的天呀，我从来没见过这样的降落伞！不过看起来它们好像没什么用处。”

“但它们确实有用，也被称作带槽。事实上，像这种重大的行动，只有它才能发挥实际作用。”

汤姆边说边聚精会神地查看仪器的变化。火箭弹的反推力和带槽在大气层中的拖曳效应，极大地减缓了岩体的下跌速度。摩擦产生的酷热包围着彼得罗纽斯，白色飘带变成了一个发光的等离子球。

现在，小行星开始垂直向下降落。汤姆接通四个巨大斥力装置的电源。汤姆通过着陆监视屏看到，当红外传感器对准火球时，他们的天线发生倾斜和变化。斥力装置柱锁定目标，控制台上的四盏绿灯开始闪烁。

“我们击中它了！”汉克欢欣鼓舞道。

一台雷达从属计算机将彼得罗纽斯的速率数据输送至计数器。看到斥力射线对小行星的降落进一步制动，汤姆的精神为之一振。

“但是，接下来它的速度还是会提高的。”他提醒乔和巴德，“重力会持续给它加速。”

控制室中充斥着紧张和沉默的气氛，所有的目光跟随着火球的降落。当地电视台屏幕上，只见沙漠地区的黑夜上空，一个燃烧中的光点越变越大。从巨大照相机太空探测器传来的特写镜头可以看到，一片火焰中显现着彼得罗纽斯可怕的轮廓。汤姆看到越来越多的岩体被烧毁。

“多久以后展开机翼呢，机长？”亚弗·汉森问道。

“大约在80千米高处。”

汤姆想到无数的人们正通过肉眼或望远镜观看这个火球。现在，A国西部大部分地区和I国境内，一定能看到烈火熊熊燃烧的景象。

汤姆意识到很多天文观测者一定在祈祷，他们或心生恐惧或充满希望。不计其数的人们正围坐在电视和收音机前。企业集团天文台播放着即时解说和太空观测器传送的照片。

“带槽几乎消失了。”巴德紧张地说道。现在只能看到几缕残破的飘带，其余的部分也都被燃烧的等离子体所消耗。

汤姆观察着仪表盘，上面显示着有关彼得罗纽斯速度、高度和温度的数据，这些数据由雷达和红外探测器测量得出。“现在开始伸展久热机翼了！”他按下起动按钮，命令道。

燃烧中的小行星上方，迎风鼓起一个闪闪发光的银白色护套。控制室中的人们屏住呼吸，目睹着巨型久热机翼的形成过程。如箭般的久热足有1200米长，像一座深深植根于彼得罗纽斯的大山。

“巨大的幽灵！”乔大口喘着粗气，充满敬畏地说道，“就像看见一头大象在空中飞！”

“这可比任何一头大象都要大！”巴德说道。

“我们要看看久热能飞多久。”汤姆补充道。现在，这个计划最重要的部分即将到来，计数器正咔嗒咔嗒地记录着轨道数据。汤姆说：“为了精准着陆，我需要将彼得罗纽斯向北度，并将滑翔角度降低大约4度。”

“如果滑出跑道或提早降落，会出现什么情况呢？”巴德问道。

“机翼顶端带有一小包炸药。如果最糟糕的情况发生了，我可以炸毁久热机翼。”汤姆快速地转动着双金属控制按钮。监视屏上，久热的翼梢开始弯曲：一个朝上，一个向下。前部也升高了。

“它正在倾斜，汤姆！”巴德大喊道。

慢慢地，小行星开始倾斜并改变方向。汤姆开心地咧嘴大笑。毫无疑问，他将彼得罗纽斯成功地引导到目标地点了！

小行星继续下降时，他又进行了两次细微的调整。汤姆的额头上沁出了细密的汗珠。几秒钟后疾驰的小行星就要撞到地球了，控制室的人们屏气凝神，静待结果。

冲击力就像地震！一些人突然摔倒了，还有一些人靠着墙或抓住机器设备才站稳。监视屏上的图像开始跳动并变成了雪花点。但在此之前汤姆已经看到小行星撞向了泡沫山。

硬化的白色泡沫吸收巨大的冲击能量后，就像一片翻滚着的火烧云。同时，剩下的岩体裂成碎片，露出巨型的蓝宝石核心！

漫长而又扣人心弦的时刻过后，震感才慢慢消失。控制室内的人们看着彼此，眼神中充满敬畏和成功后的喜悦。

“你成功了，机长！”汉克嗓音嘶哑地喊道。

“我们能出去看看吗？”巴德问道。

汤姆如释重负，激动得几乎喘不过气来。他摇摇头道：“还不行，我们最好等到热浪冷却下来。”

他看着室外温度计，指针渐渐地下降到正常值。

“好的，现在外面足够安全了。”汤姆按下按钮，控制室顶部的钢质板打开了。

急切的人群爬过一段石阶来到地表。他们一个接一个地被眼前的景象惊呆了。巨大的探照灯被震到沙漠里，仍发出耀眼的光芒。在这灿烂光辉的映射下，巨型蓝宝石仿佛闪烁着蓝色的火焰！

“天啊！经过雕琢后它会是什么样？”亚弗气喘吁吁地说道。

巨大的宝石正躺在一堆经热熔后的久浮泡沫上。巨型机翼几乎完好无损，仍像天篷那样延伸开来。

“会飞的蓝宝石！”巴德喃喃地说道。

控制室中的无线电信号嗡嗡作响，汤姆听到后去接听。这是他父亲从肖普顿打来的。

“祝贺你，儿子！我……我简直不知道说什么好。你已经取得了巨大的成就，并为国家做出了巨大的贡献！”

“谢谢爸爸，我几乎不敢相信一切进行得如此顺利。有任何受损报道吗？”

“没有，只听到有关城市窗线粉碎的报道。当然，地震仪检测出震感，但是很快又减弱了震动程度……等一下，儿子。”

短暂停顿过后，又传来了斯威夫特先生的声音，他非常激动道：“哈伦·艾姆斯刚得到一些消息，让他告诉你。”

安保主任哈伦·艾姆斯插话道：“汤姆，听好你期待的消息！情报局的瑟斯顿刚打电话给我说，海军特遣部队已经占据了庞因特·斯巴达袭击者的宇航中心！”

汤姆听到这个消息后非常震惊和激动，说：“在哪儿，哈伦？”

“在一个南太平洋小岛上，一艘航空母舰碰巧收到一些奇怪的无线电信号，其中一架飞机追踪到来源，并破获了无线电信号。整个宇航中心布局伪装得相当严密，但是他们派海军陆战队上岸并彻底清查了那个地方。”

“海军确定那是袭击者的宇航中心吗？”

“非常确定。”艾姆斯答道，“他们在那里发现了弗兰克·科尔皮——这个团伙中的一名罪犯！”

“科尔皮？就是联系乔关于蓝宝石交易的那个人吗？”

“是的。只是他的真实名字是库鲁彼兹。他是袭击者中的一员。和你之前猜想的一样，他就是那个扔手榴弹、发出信息的人。他和乔见面只是障眼法，你才是他想联系的人。但是，在没试探出你的想法之前，他不敢公然地联系你。尽管如此，胡弗尔还是起了疑心，并向团伙告了密。”

“海军部队抓住胡弗尔了吗？”汤姆问道。

“目前还没有。汤姆，我们可能没有太多时间细说了！科尔皮说彼得罗纽斯是袭击者移动的，他们想在上面建立一个宇航中心，以此来控制地球。然后他们听到有关斯威夫特计划的风声，并担心这会破坏他们的计划。所以，他们想尽一切办法试图阻挠你。现在他们又要行动了！”

“你这样说是什么意思，哈伦？”

“科尔皮声称海军到达之前，袭击者们乘坐火箭飞船离开了。他说他们正前往沙漠地区抢夺蓝宝石！他们可能已经……”

扩音器上突然传来静电发出的嘟嘟声，并完全淹没了艾姆斯的声音。汤姆拼命地调整无线电信号，但还是不能关掉干扰信号。

“有人在干扰我们！”他意识到。

控制室外面传来兴奋的喊叫声：“汤姆！快来看！”巴德大叫道。

汤姆刚冲到楼梯顶端，就看到一艘流线型的带翼火箭飞船正急速下降。它滑翔在平坦的沙漠上并停靠在巨型蓝宝石旁边。飞船上有袭击者的标志“一道闪电划过地球”！

汤姆和其他人还没来得及躲藏起来，飞船电子扩音器里传来这样的声音：

“不许动！反抗是没有用的！我们要把蓝宝石弄成碎片，能带走多少就带走多少。如果你们投降并积极配合的话，我们是不会伤害你们的。但是一旦发现自找麻烦的人，我们将毫不留情地消灭所有人！”

全副武装的袭击者们开始涌出火箭飞船！

第二十章 激 战

汤姆根本不相信敌机首领的承诺。这伙人不可能留下证人来揭发他们最新的袭击行动，更不可能放弃报复汤姆·斯威夫特的机会——汤姆是他们建立小行星军事宇航中心最大的阻碍。

汤姆竭力思考着，努力寻找阻止的办法。终于，他想到了如何机智地打败他们了！

全副武装的袭击者手持武器包围斯威夫特机组人员后，停了下来。显然，他们在等候首领下飞船。

片刻之后，团伙首领从密封舱口走了出来。他是一个身材高大、体格健壮的男人，铲形胡须，一身黑色制服。只有金色肩章和腰间佩带的手枪将他和其他人区分开来。

“机不可失！”汤姆紧张地思考着，“尽管他们已经靠近蓝宝石，但我仍要采取行动！”

一部分机组人员掩护汤姆逃脱袭击者的视线范围。他跳进指挥室，快步走到控制台前，猛按触动按钮，试图引爆装有炸弹的翼山。

砰！控制室外的夜空响起了刺耳的爆炸声。紧接着就是一片叫喊声，汤姆跨出台阶来到地面。

“机长！你太棒了！”巴德疯狂地喊道，“兄弟，你这次真的严惩了他们！”

爆炸粉碎了泡沫山，巨型机翼也向后喷射。它平稳地降落在袭击者和他们的飞船上，并将他们牢牢地控制在覆盖范围内！

“快点，在他们能自由活动之前，抓住他们！”汉克·斯特林指挥斯威夫特机组人员发起冲锋。巴德抓住汤姆的手臂，两个男孩一起加入了战斗。

几个惊慌失措的袭击者试图从残骸中爬出来。他们的武器被汉克、亚弗还有其他人拖走了。一名入侵者试图反抗，却被亚弗猛地一拳打倒在地。其他人看到武器被收缴后，也迅速投降了。

“绑住他们的手！”汤姆命令道，“我们要用自动吊车抬起机翼！”

汉克·斯特林负责提升操作。他用临时起重机抬起巨型机翼的一端，并有意留出足够的空间，以便受困袭击者能慢慢地爬出来。

亚弗和另外两个人手持武器以防袭击者进攻。除了留着胡须的首领怒目圆睁，没有人反抗。

“你是谁？”汤姆问道。袭击者试图控制地球的大胆密谋令汤姆印象深刻。首领轻蔑地咕哝了一声。

亚弗用武器戳中他的肋骨，呵道：“大声说，快！”

“我是哈尔科夫——格雷戈尔·哈尔科夫。”

汤姆非常吃惊。他立即认出这个名字——他是著名科学家，也是一个政治逃犯。

夜空中传来几架飞机的嗡嗡声，打断了对话。他们是空军战斗机，正护卫着满载空降兵的运输机。这只派遣部队听到了科尔皮的警告，赶来救援。后来汤姆发现，袭击者高端的雷达干扰装置可以使他们的飞船划过太空而不被发现。

“你今晚的表现比大家期待的还要好。”汤姆·韦恩上校说道。他的部队开始接管这些犯人。汤姆·韦恩上校说：“这个装备的存在对世界和平构成巨大的威胁。我想政府的专家们一定对这艘火箭飞船非常感兴趣。”

第二天下午，汤姆在企业集团听哈伦·艾姆斯对袭击者做详细报道。

“其中的一名罪犯是胡弗尔，”安全机长哈伦·艾姆斯说道，“肖普顿附近的麻烦大都是他制造的。有几名罪犯比较坦诚地交代了情况，海军也传送了科尔皮的完整陈述。顺便说一句，他正在海军医务船上养伤。那伙人知道科尔皮要投奔你后，对他进行严刑拷打。总之，我们可以很好地把整件事情连起来了。”

袭击者们用氢弹将彼得罗纽斯撞向地球运行轨道，并试图把它用作一个侵略性的军事宇航中心。当他们得到斯威夫特先生正和政府航天机构探讨小行星计划的消息后，哈尔科夫立即策划了破坏的计谋。

这个阴谋包括袭击庞因特·斯巴达宇航中心，并陷害小汤姆·斯威夫特为袭击事件背后的策划人。

“他想，如果引起足够的争论，政府将永远不会让斯威夫特企业集团继续进行这个计划。”艾姆斯解释道，“他们的计划失败后，胡弗尔试图用染毒的马蝇除掉你，然后还有硫酸喷雾装置和激光照相机。”

“格林科呢？”汤姆问道。

“他也是这伙人中的一员，专长是技术间谍。他还没有从精神药物中恢复过来，不过我们可以猜测出事情的始末。你出现在调查局办公室的时候，他非常恐慌，以为我们快要识破他们的阴谋了。所以他吞下了那粒药，阻止我们打探出更多的线索。”

“科尔皮展示给乔的那块蓝宝石，又是怎么得到的？”汤姆问道。

“显然，袭击者为氢弹钻探火箭推力仓的时候，蓝宝石从小行星内核的破裂处露出来了，科尔皮把它捡起来后并没有告诉其他人。他知道了哈尔科夫将霸占所有的战利品来经营这个团伙组织，但是，科尔皮更想自己变得富有。”

“所以他决定联系你。”艾姆斯继续道，“他相信你能找到采集蓝宝石的方法，而且作为泄漏袭击者计划的回报，你会给他一大笔奖赏。但是他不敢公开联系你。所以，被派往肖普顿监视企业集团后，他给乔写了一封信。”

“团伙又是怎么知道他的计划了呢？”汤姆问道。

“他的举动引起了哈尔科夫的疑心，所以哈尔科夫派胡弗尔私底下调查科尔皮。胡弗尔看到他们在餐厅见面并尾随乔。在公园扭打的时候，他看到从乔的口袋掉出一块蓝宝石，就回来拿走了。然后那帮人对科尔皮进行施压，逼出了有关彼得罗纽斯蓝宝石矿的真相。”

汤姆苦笑道：“当有关我要登陆小行星的消息传出后，他们决定抢夺蓝宝石，是吗？”

“是的。顺便提一下，在托尔太空航空公司扔炸弹的也是胡弗尔。他在报纸上看到有关蒂克的采访，希望你可能因炸弹袭击而受到指控。”

“亨肖·蒂克已经知道事情真相了吗？”汤姆问道。

“当然了。”艾姆斯笑道，“现在他正向媒体赞扬你，并声称自己一直认为你是一个天才！”

两天后，汤姆、巴德和斯威夫特先生从费林岛起飞，对“巴通尼亚”作最后检测。挑战者号再一次拖曳着三个满载的物品舱。当太空供应列车挑战者号在小行星上着陆时，男孩们发现上面发生了很多变化。

地下室变成了一个舒适的居住舱，内设有双层铺、厨房、休闲区和工作室。空气循环系统已经安装完毕，注水槽也用于水耕。甚至还有台电视，用于转发斯威夫特空间站的电视节目。

前三个物品舱已用作特别的研究实验室。第二次运来的物品中有一副大型望远镜和全套的天文台设备。斯威夫特先生被眼前的景象所震撼。

“先生们，”他对宇航员们说道，“看起来你们已经做好准备，开启人类征服太空历史上的最伟大航行。”

“我们的航行一定是有史以来最长的一次了！”克利·摩根笑道，“差不多三年呢！”

“我们一定会与你们保持密切联系。”汤姆承诺道，“而且挑战者号还会再来巴通尼亚。我想，太空朋友也会密切关注你们的。”

挑战者号急速驶往地球的时候，巴德沉思道：“你从彼得罗纽斯上得到了史上最大的蓝宝石，机长。你觉得宇航员们会从巴通尼亚上得到什么呢？”

“巴德，比珠宝更加珍贵的东西，是知识。”汤姆停下来，凝望着驾驶室窗外一望无际、星光闪烁的太空。“你知道，飞天小子，我迫不及待地想开始下一次航行。想想太空中还有这么多仍未征服的地方！”

然而，在挑战者号的下一次航行之前，年轻的发明家发现自己卷入了地球的奇妙探险《汤姆·斯威夫特和重力逆变器》中。

“是的，这些太空探索是很不错，”巴德同意道，“但是听听这个建议是不是吸引你呢，机长？到陆地后，我们约上桑迪和菲利斯一起去海滨，玩几次冲浪吧！”